Titus Müller

Deine Spuren im Schnee

Erzählung

Über den Autor

Titus Müller studierte in Berlin Literatur, Mittelalterliche Geschichte, Publizistik und Kommunikationswissenschaften. Mit 21 Jahren gründete er die Literaturzeitschrift „Federwelt". Titus Müller ist Mitglied des PEN-Clubs und wurde u. a. mit dem „C. S. Lewis-Preis" und dem „Sir Walter Scott-Preis" ausgezeichnet. Seine Bücher werden regelmäßig zu Bestsellern.

TITUS MÜLLER

Deine Spuren im Schnee

Erzählung

Erster Teil

Die Reise

Vor acht Monaten

Die Gehwege und Straßen waren weiß, und die Autos auf der vierspurigen Otto-Suhr-Allee fuhren langsam, wie verträumt. Berlin flüsterte. Immer noch fiel Schnee, die Flocken verharrten in der Luft, schwebten, wurden hierhin und dorthin getragen, bis sie sich behutsam auf einem Briefkasten oder einem Fensterbrett niedersetzten.

Ich nahm diese Behutsamkeit in mich auf wie eine Medizin. Wenn die Woche vorbei ist, habe ich viele unfreundliche Kunden erlebt. Leute, die zu mir an die Kasse kommen und mich anblaffen: „Handschuhe?"

Wenn ich antworte: „Sie wollen wissen, ob wir Handschuhe haben? Leider nicht", dann drehen sie sich wortlos um, als wäre ich ein Ding, eine gefühllose Maschine, die keine Höflichkeit verdient hat.

Bin ich am Ende der Woche hundertmal grundlos beleidigt, angeschnauzt oder verachtet worden, brauche ich ein paar Stunden Ruhe. Ich zeichne, und bald geht es mir besser. Ich kann mich wieder spüren, bin wieder ich selbst.

Auch an diesem Freitag war meine Seele wund. Ich betrat die Bibliothek. Nicht, um mir Bücher auszuleihen, sondern um zu zeichnen.

Früher hatte ich mir noch ein Buch aus dem Regal geholt und es vor mich hingelegt, um ein Alibi zu haben, bevor ich mit dem Zeichnen begann. Inzwischen brauchte ich das nicht mehr. Die Bibliothekarinnen kannten mich. Ich war still. Ich störte niemanden.

An diesem Tag war die Stimmung in der Bibliothek besonders. Alle hatten ein Leuchten im Gesicht, wie Kinder bei der Bescherung an Heiligabend. Sie hatten den Winter flüstern gehört. Ich klopfte mir den Schnee vom Mantel, hängte ihn an die Garderobe und ging leise zu meinem Lieblingsplatz. Ich rieb meine kalten Hände aneinander, dann schlug ich den Zeichenblock auf. Die Bleistifte bewahrte ich in einer alten, abgeschrammten Metalldose auf, zusätzlich in einen Lappen gewickelt, damit die Spitzen nicht abbrachen. Für die ersten Linien nahm ich einen harten Bleistift und zeichnete den Umriss einer Tannenmeise. In Berlin sah man im Winter eher Rotkehlchen, Gimpel und Sperlinge. Aber selten, am Stadtrand, bekam man auch eine Tannenmeise zu Gesicht. Wenn der Schnee alles bedeckte, brauchten die Vögel Futter von freundlichen Menschen. Das machte sie auch sichtbar.

Ich war zu einem weichen Bleistift gewechselt und gab den Schwanzfedern mit dicken Strichen die charakteristische Färbung, als ich aufblickte und du an mir vorübergingst. Du hattest die helle Latzhose an, und deine schmalen Hände hielten einen Bücherstapel, den du zur Ausleihe brachtest – Romane, und zwar gewichtige. Als du bei der Ausleihe ankamst, legtest du die Bücher ab und strichst dir das Haar hinter das Ohr. Ich habe nie etwas Schöneres gesehen als dich an diesem Tag.

Du packtest die Bücher in deinen Stoffbeutel und gingst zur Tür, und als du gerade im Begriff warst, hindurchzutreten, drehtest du dich zu mir um.

Es war uns beiden unangenehm. Erst schlugst du die Augen nieder, dann ich. Kurz darauf warst du weg. Da war nur noch die hohe Schwingtür mit den Messingknäufen, die leise nachwippte.

Eine Stunde lang habe ich dich gezeichnet.

Das flaue Gefühl im Magen hörte nicht auf. Ich stand auf und ging zur Bibliothekarin. Ich war schon rot, bevor ich überhaupt den Mund aufgemacht hatte. „Entschuldigen Sie, können Sie mir sagen, wie die junge Frau heißt, die vor einer Stunde Romane ausgeliehen hat? Die mit der Latzhose?“

Sie sah mich fragend an.

Ich wäre am liebsten gestorben. Nach einigem Zögern schlug ich meinen Zeichenblock auf und zeigte ihr die Zeichnung.

Sie nahm den Block und strich sanft über das Papier. „Meine Güte. Du musst an die Uni. Du musst Kunst studieren.“

„Hab ich versucht. Ich wurde nicht genommen."

„Versuch's noch mal."

„Können Sie mir sagen, wie sie heißt?"

„Jede Frau sollte jemanden haben, der sie so zeichnet."

Ich schwieg.

Sie sah mich mitleidig an. „Ich darf dir den Namen nicht sagen."

„Verstehe." Mir war heiß vor Scham. Ich ging zurück zu meinem Platz und packte meine Sachen zusammen.

Als ich an ihr vorbei zum Ausgang ging, sagte die Bibliothekarin: „Sie kommt immer donnerstags."

Ich stoppte. „Aber heute ist Freitag."

„Das wundert mich auch. Sie ist zum ersten Mal an einem Freitag da gewesen."

Ich bedankte mich und trat durch die großen Türen des Rathauses nach draußen. Die kalte, klare Luft schlug mir auf die Wangen. Ich atmete tief ein und war froh, am Leben zu sein.

Das Charlottenburger Rathaus mit seinem Turm und den großen alten Fenstern wirkte, als wäre es aus einer anderen Zeit. Du warst hier langgegangen, unter den vielen Spuren im Schnee waren auch deine.

Dass es dich gab, dass ich dich gesehen hatte, änderte alles. Du warst Berlinerin. Du warst Teil dieser Stadt gewesen, ohne dass ich es gewusst hatte.

Ich tauschte meinen Dienst bei der Arbeit, um am Donnerstag freizubekommen. Dann zitterte ich auf diesen Tag hin. Mit weichen Knien ging ich in die Bibliothek. Ich konnte mich nicht auf meine Zeichnungen konzentrieren. Die Stunden verstrichen, ich blieb bis um sieben, bis die Bibliothek geschlossen wurde. Du kamst nicht.

Alles erschien mir eigenartig in diesen Tagen. Die Zahnpasta schmeckte anders. Die Lieder im Radio klangen, als wären sie extra für mich ausgewählt worden. Und ich hatte den Eindruck, dass die Kunden im Supermarkt freundlicher geworden waren.

Als es wieder Donnerstag war und ich an der Ausleihe vorbeikam, winkte mich die Bibliothekarin zu sich und sagte leise: „Sie war am Freitag da." Sie lächelte und hob die Augenbrauen.

Am Freitag hatte ich Schicht bis um acht, ich konnte nicht in die Bibliothek, aber für die Folgewoche tauschte ich die Dienste, sodass ich am Freitag dort sein konnte.

Ich setzte mich an meinen gewohnten Platz, zeichnete die schönste Blaumeise, die mir unter diesen Umständen gelingen konnte, und sah jedes Mal hoch, wenn jemand durch die Eingangstür kam. Dann warst du da. Deine anziehende Fremdheit war beinahe zu viel für mich. Ich wagte kaum, dich anzusehen.

Du gingst zwischen die Regale, bliebst dort eine Weile. Als du ein Buch in einem Regal in meiner Nähe suchtest, drehtest du dich unvermittelt zu mir um und sagtest leise: „Du zeichnest?"

Mein Mund war so trocken, dass ich nur nicken konnte.

„Darf ich es sehen?"

Ich hielt dir den Block hin.

Dieses Lächeln!

Ich sagte: „Der Schnabel ist zu kurz. Und die Flügel müssten –"

„Was zeichnest du noch?"

Hatte die Bibliothekarin dir etwa von mir erzählt? Hatte sie verraten, dass ich dich gezeichnet hatte? Ich klappte den Block zu. „Tannenmeisen", brachte ich heraus. „Und Rotkehlchen."

Als ich nach Hause kam, brannte ich innerlich. Ich ging auf und ab. Später wälzte ich mich schlaflos und unruhig im Bett.

Ich aß kaum etwas an jenem Wochenende. Zeichnete dich viermal, immer mit ernstem Gesicht, ich konnte dich nicht mit einem Lächeln zeichnen.

Am Montag bei der Arbeit fragten sie mich, ob ich krank sei. „Geh nach Hause", sagte der Chef, „du steckst sonst alle an."

Ich schlich nach Hause und legte mich aufs Bett. Am Dienstag riss ich mich zusammen und ging arbeiten, genauso am Mittwoch, am Donnerstag. Freitags saß ich wieder in der Bibliothek.

Aber auch du warst erschrocken über unsere Begegnung. An diesem Freitag hast du mir nur einmal kurz zugenickt, wir sprachen kein Wort miteinander.

Hatte die Bibliothekarin vielleicht doch nicht geplaudert? Sie besaß ein gutes Herz. Sie würde mich doch nicht so bloßstellen. Ich ärgerte mich. Du hattest mich angesprochen, und ich hatte das Gespräch vermasselt. Wie sollte ich jetzt ein neues beginnen?

In der nächsten Woche traute ich mich zu fragen: „Wie heißt du eigentlich?"

Du hobst den Blick. Deine braunen Augen musterten mich. „Lenja. Und du?"

In diesem Moment hätte ich gern einen außergewöhnlichen Namen gehabt, so wie Lenja der beste, der schönste Name auf der Welt war. Gern hätte ich geantwortet: Amadeus. Milo. Janosch. Aber mir blieb nur die Wahrheit. „Stefan."

„Wartest du auf jemanden?", fragtest du.

„Nein, wieso?" Mir schlug das Herz bis zum Hals.

„Weil du hier in der Bibliothek zeichnest. Warum machst du das nicht zu Hause?"

„Hier ist es still. Und aufgeräumt."

Du lachtest leise.

Ich fragte: „Und du studierst Deutsch?" Ich hatte erspäht, was dein Leseprogramm war: Lion Feuchtwanger, Alfred Döblin, Hans Fallada. Zu Hause hatte ich die Namen gegoogelt.

„Hey!" Du gabst mir einen Knuff in die Seite. „Da passt aber jemand genau auf, was ich lese."

Ich wurde rot, aber du hast mich angestrahlt.

Immer war ich unsichtbar gewesen, hatte mich als Außenseiter gefühlt. Jetzt bekam ich dieses Lächeln geschenkt. Es verwirrte mich. Hob mich empor und wirbelte mich herum.

Später spazierten wir gemeinsam aus der Bibliothek. Du erzähltest mir, dass du Mathe studierst und dass dir die klassischen Autoren einfach gefallen. Jeder, der uns hörte, hätte unser Plaudern für ein Allerweltsgespräch gehalten. Für uns war es das nicht. Vorsichtig tasteten wir uns mit Worten voran und versuchten zu ergründen, wer wir waren.

Heute

Eine Durchsage scheppert aus den Lautsprechern. *Wir bitten um Ihre Aufmerksamkeit. Sehr geehrte Damen und Herren.* Das Geschnatter der Passagiere am Gate verebbt, jetzt horchen alle auf. Auch ich. Die Stimme verkündet: *Ihr Flug nach Thessaloniki ist heute ausgebucht. Zu Ihrer eigenen Sicherheit und zu Ihrem Komfort bitten wir alle Fluggäste der Economy Class, nur ein Stück Handgepäck mit an Bord zu nehmen.*

Ein griechisches Mädchen spricht begeistert auf sein Telefon ein. Es hält sich das Smartphone vor den Mund, als wollte es davon abbeißen wie von einer schwarzen Waffel, und diskutiert mit strahlenden Augen mit seinem unsichtbaren Gegenüber.

Mein Handy schweigt. Du schreibst nicht. Es wäre Wahnwitz, dich anzurufen. Trotzdem schwebt mein Finger über der Kurzwahltaste, die deine Nummer wählt.

Wir dürfen uns anstellen, um ins Flugzeug zu steigen, und die Leute drängeln zum Durchlass. Jeder hat bereits den Zettel mit der Nummer seines Sitzplatzes in der Hand.

Schneller im Flugzeug zu sein, bringt nichts. Doch die Meute drängt trotzdem voran.

Ich werde durch den schmalen Korridor zum Flugzeug geschoben. Hier stehen der Co-Pilot und ein Steward. Wahrscheinlich beneiden sie die Kollegen, die anstelle von Menschen nur Fracht transportieren, Post oder Medikamente oder Schnittblumen. Ihr Begrüßungslächeln kann mich nicht täuschen. Es stammt noch aus einer Zeit, in der das Fliegen Luxus war.

Im Flugzeuginneren dudelt Musik, sie klingt nach einer Fernsehserie aus den Sechzigern. Dazu pfeifen die Turbinen, der Pilot testet die Triebwerke. Die Leute stopfen ihr Gepäck in die Fächer. Die seichte Musik soll darüber hinwegtäuschen, dass es ungemütlich ist, in einer Blechbüchse mit hundert fremden Leuten und pfeifenden Turbinen festzustecken.

Ich habe einen Fensterplatz. Draußen werden Koffer auf das Laufband geworfen, ziemlich grob, jedem Gepäckstück gucke ich hinterher. Da ist ein roter Koffer, er sieht aus wie deiner. Ich stelle mir vor, wie es wäre, wenn du neben mir im Flugzeug sitzen würdest.

Ich öffne die Mappe mit den Tickets und ziehe das Foto hervor. Ein kleines Steingebäude im Gebirge des Olymps. Davor du, blond, im strahlenden Sonnenschein. Damals waren wir gerade zusammengekommen. Eure Reise war schon gebucht gewesen. Vielleicht saßt du mit Sophie im gleichen Flieger wie ich jetzt. Ich habe mir immer eingebildet, du hättest für mich verliebt in die Kamera gesehen. Ein Blick aus Griechenland nach Berlin. Vielleicht warst du damals wirklich in Gedanken bei mir.

Die Gepäckschlepper fahren weg, das Flugzeug ist bereit. Wir rollen an die Startbahn heran. Als wir sie erreichen, verstummt die Dudelmusik. Auch die Leute werden still. Sie müssen einsehen, dass das Fliegen keine Nebensächlichkeit ist. Ich schnalle mich an. Ohne die Musik ist es besser. Jetzt fühle ich mich als Passagier wieder ernst genommen.

Nach einem kurzen Moment der Ruhe dröhnen die Turbinen los. Das Flugzeug brettert über die Startbahn. Ich gebe das ganze Leben auf, wie man das beim Fliegen tun muss, jeder muss die Kontrolle abgeben, bis auf die Piloten. Das Rütteln endet und wir heben ab. Erstaunlich schnell gewinnen wir an Höhe. Ich sehe die Flughafengebäude kleiner werden.

Wie viel Land die Stadt umgibt, verblüfft mich. Das, was mir wie die Welt erscheint, ist nur ein Fleckchen aus Stahl und Beton, umgeben von endlosen Wäldern, Wiesen und Äckern. Dazwischen spannen sich Straßen über das Land.

Ein Gewicht setzt sich auf meine Brust. Müsste ich nicht eher eine Leere fühlen? Aber ich kriege keine Luft, ich vermisse dich und die ganze Welt mit dir.

Ich hole meinen Block aus dem Handgepäck und zeichne.

Vor siebeneinhalb Monaten

Du wolltest mich deinen Freunden vorstellen. Ich war noch nicht so weit, wir kannten uns ja kaum. Als wir reinkamen, erschrak ich. So viele Jungs. Jeder von denen war heimlich in dich verschossen, da war ich sicher. Sie umarmten dich zur Begrüßung, sie durften das. Ich hätte nicht mal gewagt, deinen Arm zu streifen.

Es schien ihnen selbstverständlich, dass die schönste Frau der Welt mich mitbrachte. Aber du ließt auch nicht erkennen, dass wir etwas Besonderes füreinander waren. Ich hätte genauso gut eine lockere Bekanntschaft von der Straße sein können.

Wir spielten Tabu. Es gab lautes Gelächter. Nur einmal wurde es still, als ich einen Begriff durch eine Zeichnung erklären sollte. Sie sahen verblüfft auf das Blatt, während ich strichelte, und dann sahen sie nicht mehr mich an, sondern dich, als würden sie plötzlich begreifen, dass ich nicht bloß als Kumpel hier war.

„Hast du gewusst, dass er das kann?“, fragte dich Alex, in dessen Wohnung wir waren.

Ich habe kurz hochgesehen, in dein Gesicht. Da war ein Anflug von Röte auf deinen Wangen. Unsere Blicke trafen sich. Ich las ein wenig Stolz darin, es gefiel dir, dass deine Freunde mich bewunderten. Und Zuneigung fand ich in deinem Blick.

Das Spiel ging weiter, andere kamen an die Reihe, und dann wieder ich, und diesmal sollte ich etwas vorführen. Mein Begriff hieß: Skispringen. Meine Körperbewegungen waren steif. Ich kam mir dumm und ungeschickt vor.

Den anderen schien es nichts auszumachen, sich zu blamieren. Wieso wart ihr so vertraut miteinander? Es ging über eine lockere Freundschaft hinaus, auf mich wirkte es, als wärt ihr schon gemeinsam in den Kindergarten gegangen. Ich nahm meinen Mut zusammen und fragte, woher ihr euch kennt.

Ihr saht euch an. Offensichtlich war euch die Frage unangenehm – als gäbe es da ein Geheimnis, eine Peinlichkeit. Schließlich sagte Alex: „Aus der Kirchengemeinde.“ Es klang gewollt locker, und gerade dieser Versuch, dem Umstand das Besondere zu nehmen, machte mich aufmerksam.

Ihr habt weiter gemeinsam gelacht, habt auf dem Sofa gelümmelt, die Jungs haben Chips gefuttert. Ein paarmal hast du mir merkwürdige Blicke zugeworfen. Was ging hinter deiner Stirn vor? Wie gern hätte ich deine Gedanken gelesen und gewusst, was du fühlst und denkst.

Als du in die Küche gingst, um den Wasserkrug nachzufüllen, folgte ich dir. „Du glaubst an Gott?“, fragte ich.

Du schwiegst und ließt das Wasser aus der Leitung in den Krug rauschen. Dann war der Krug voll. Sacht stelltest du ihn ab und drehtest dich zu mir um.

Du warst weit weg, wir mussten einander erst finden. Es war wie beim Tunnelbau, du hast auf der einen Seite gegraben und ich auf der anderen, wir wollten uns in der Mitte begegnen. Ich hatte die Sorge, dass wir aneinander vorbeigraben könnten. Dass ich dich ganz in der Nähe hören würde, dein Schaufeln, und dann vernehmen würde, wie sich das Schaufeln wieder entfernt, weil unsere Tunnel nicht zusammenfinden.

„Die sind nett, deine Freunde“, sagte ich.

Deine Antwort kam verzögert. „Das sind sie.“ Eine Antwort wie eine Frage, eine Frage an mich.

Heute

Bäckerduft zieht durch die Kabine. So duften nur warme Brötchen. Ich stecke das Foto wieder ein und sehe mich um. Auf diese Art versuchen sie, den Passagieren noch ein paar Euro aus der Tasche zu ziehen. Auch mein Magen knurrt.

Sie kommen mit dem Wagen durch. Zu meiner Verblüffung fragen sie gar nicht, jeder erhält ein Tablett mit einem Brötchen und Marmelade, Butter, Saft. Es kostet nichts.

Wo gibt es so etwas heute noch? Die Griechen sind mir sympathisch. Das Brötchen ist zwar winzig klein, aber es ist warm. Ich streiche dick Butter und Marmelade darauf. Es schmeckt hervorragend.

Nach einer Weile räumt das Kabinenpersonal ab. Es gibt eine Durchsage vom Kapitän, genuschelt und unverständlich. Aus dem Fenster sehen wir jetzt weite Flächen verbrannter Erde, die weder bewaldet noch bewirtschaftet sind.

Wir setzen zur Landung an. Die Räder des Flugzeugs quietschen kurz, dann bremsen die Turbinen mit

Gegenschub, wir werden gegen die Gurte gedrückt. Das Flugzeug fährt noch ein Stück. Es parkt ein. Als wir die Gangway hinunterlaufen, begrüßt mich warme weiche Luft. Jedes Land hat seinen eigenen Duft. So riecht also Griechenland.

Mit Shuttlebussen bringt man uns in ein kleines, schattiges Flughafengebäude. Am Förderband, das die Koffer bringen soll, warte ich bang. Einer der ersten Koffer sieht aus wie meiner. Ich öffne ihn, es könnte eine Verwechslung geben. Du würdest darüber lachen, dass ich nachschaue. Tatsächlich sind meine Sachen darin. Ich liebe meine Sachen, liebe sie inbrünstiger hier, als ich sie zu Hause geliebt habe. Ich bin wie ein Schiffbrüchiger, der angeschwemmte Habe aus dem Ozean fischt.

Ein Taxi in die Stadt kostet 25 Euro. Das ist mir zu viel. Ich kaufe stattdessen eine Busfahrkarte. Der Bus ist überfüllt, ich muss stehen, dicht an dicht mit Griechen, die alltagsmüde aussehen. Die Tür des Busses knallt auf und zu, Haltestelle um Haltestelle, auf und zu, *knallbumm*, irgendwas scheint da zu fehlen, eine Gummidichtung, die ihren Aufprall dämpfen müsste. Der Bus speit Leute aus und schluckt neue.

Thessaloniki besteht aus Balkonen, die Häuser scheinen nur dafür da zu sein, sich in endloser Zahl der Sonne hinzuhalten. Ich präge mir den Anblick ein, um ihn später zu zeichnen. Motorradfahrer überholen den Bus, ohne Helm, nur im T-Shirt. Hinter jedem von ihnen sitzt die Freundin, leicht bekleidet nur, und hält sich an ihrem Fahrer fest. Ihr Haar weht im Wind.

Im Bus starrt mich eine Griechin an, eine ältere Frau. Ich richte den Blick wieder nach draußen. Fremde Straßenschilder, fremde Läden.

Ich werde langsam unruhig, ich darf die Station nicht verpassen. Mühsam errate ich die Namen der Haltestellen. Νέος Σιδηροδρομικός Σταθμός Θεσσαλονίκης. *Neo,* das heißt doch *neu,* der Neue Bahnhof Thessaloniki. Hier muss ich raus.

In der Wartehalle des Bahnhofs hätte ein Kreuzfahrtschiff Platz, sie ist gigantisch und menschenleer. Was bedeutet das, dass hier niemand ist? Hoffentlich streiken nicht die Bahnmitarbeiter. Die schwarze Anzeigetafel schweigt, nur ein paar Punkte und Kommas stehen noch dort, Überbleibsel der Buchstaben und Abfahrtszeiten. Es wirkt wie die Kulisse eines düsteren Endzeitfilms. Ich bin der letzte Mensch, die anderen sind abgereist.

Schließlich entdecke ich einen kleinen Fernsehbildschirm, etliche Meter unter der Anzeigetafel. Er wirkt verloren in der großen Halle. Tatsächlich, auf dem blauen Display stehen die Abfahrtszeiten der Züge. Man hat also die große, wunderbare Anzeigetafel außer Betrieb genommen und stattdessen einen Allerweltsfernseher aufgehängt? Ich kann es kaum glauben. Ich mochte die schwarzen Tafeln in Flughäfen und Bahnhöfen, die mit ihrem mechanischen Rattern die Namen weit entfernter Städte anzeigten. Sie sind dem Fernwehschrei einer Lokomotive näher verwandt als dem elektronischen Surren moderner Triebwagen.

Ich sehe auf die Uhr. Noch neun Minuten, bis der Zug nach Litochoro abfährt. Jetzt kommt doch ein Mensch in die Halle und läuft zielstrebig zu einer der Seiten. Hinter Glas sitzt dort ein Mann. Ein Fahrkartenschalter? Ich stelle mich an, tatsächlich, hier kann man Fahrkarten kaufen. Einmal nach Litochoro. Sechs Euro bloß, ein angenehmer Preis. Der Fahrkartenverkäufer erklärt in gebrochenem Englisch, zu welchem Bahnsteig ich gehen soll. Ich verstehe die Erklärung nicht. Trotzdem renne ich mit dem Koffer durch die Halle. Ich sehe im Laufen auf den Fahrschein. Diese Ziffer, das könnte der Bahnsteig sein. Ich haste die Treppe hoch und erreiche den Bahnsteig, gerade als der Zug einfährt. Nur wenige Leute steigen aus und ein. Drinnen aber sind fast alle Plätze besetzt. Ich zwänge mich mit dem Gepäck durch die Waggons, bis ich endlich einen freien Platz finde, und setze mich.

Der Zug verlässt die Stadt. Wir fahren an einem ausgebrannten Personenzug vorbei. An den verkohlten Waggons mischt sich Rost mit Ruß, sie scheinen schon länger dazustehen. Ich frage mich: Weckt das nicht ungute Assoziationen bei den Reisenden, sorgt sich die Bahngesellschaft denn gar nicht?

Wir fahren über Land. Baumwollfelder ziehen vorüber. Die Bahnhöfe sind mit Graffiti besprüht und halb verfallen: Sindos, Adendro, Platy, Aiginio, Korinos, Katerini.

In Litochoro steige ich aus. Drei Einheimische, die mit mir ausgestiegen sind, werden gleich von Familienangehörigen in klapprigen Autos abgeholt. Links füllt das blaue Meer den Horizont, rechts ragt das Olympgebirge auf wie eine Filmkulisse aus „Der Herr der Ringe“. Es reicht bis über die Wolken.

Endlich spüre ich etwas von dem, weswegen ich hergekommen bin. Ich habe Angst. Mich beeindruckt das weite Meer, und mich beeindruckt der Olymp. Das will ich erleben, Gefahr und Schönheit. Ein Gefühl von Gegenwart.

Ich suche, was du verloren hast. Ich suche es für dich. Allerdings bist du mit dem Glauben an Gott aufgewachsen – für mich wird es deutlich schwerer sein, seine Spuren zu entdecken. Aber immerhin weiß ich, wo ich suchen muss.

Kein einziges Wohnhaus ist in Sicht. Hier gibt es nur den Bahnhof, das Meer und die Berge. Wieder komme ich mir vor wie in einem Film. An der Pinnwand des Bahnhofs steht die Nummer eines Taxiunternehmens. Ich rufe an und frage, ob man mich vom Bahnhof abholen kann.

Der Grieche, den ich am Apparat habe, heißt Nikos. Nachdem ich aufgelegt habe, zweifle ich plötzlich, ob ich verständlich genug gesagt habe, wo ich stehe und dass ich *jetzt gleich* das Taxi brauche.

Der Wind fährt mir in die Haare. Hier ist es schön. Mit dir wäre es vollkommen. Ich würde hinter dich treten und meine Hände vor deinem Bauch falten, während wir auf die Berge und das Meer sehen. Ich würde deinen Duft in mich aufnehmen und einfach schweigen, und auch du würdest schweigen, und wir wären zusammen ein Teil dieser Landschaft.

Ein Taxi kommt die Straße herunter und hält.

„Nikos?", frage ich.

Der Fahrer nickt und hievt mein Gepäck in den Kofferraum. Auf der Fahrt beantwortet er in englischer Sprache meine Fragen. Ich will wissen, ob öfter Leute kommen, um den Olymp zu besteigen, und gestehe, dass ich mich jetzt, wo wir hier sind, etwas davor fürchte. Ich sei kein Bergsteiger, erkläre ich ihm.

Nikos lächelt mich an. „Mountain no fear."

Siehst du?, höre ich dich sagen.

Du tust so, als wärst du mutiger als ich. Das ist deine Masche.

„No fear", sagte Nikos, „but respect."

Vor sieben Monaten

Mittags am 24. Dezember hatten wir endlich Feierabend. Ein Witzbold rief: „Fröhliche Ostern!" Die Kolleginnen lachten.

Aus den Fenstern der Wohnhäuser grüßten Lichter. Der Schnee war zu kleinen Haufen zusammengeschmolzen und es tropfte von den Dächern. Aber gerade die milde Luft unterstrich das Besondere des Tages. Wege, die heute betreten wurden, waren an diesem Tag keine gewöhnlichen Wege. Selbst der Straßenverkehr hatte eine feierliche Bedeutung. Es regelten zwar dieselben Ampeln den Verkehr derselben Autos, aber heute fuhren die Leute zu ihrer Familie, hatten Geschenke dabei, und auf den Rücksitzen saßen Kinder mit erwartungsvoll glühenden Gesichtern.

Ich lief nach Hause. Aus einem Restaurant drang weihnachtliche Musik. Deinetwegen hatte ich mich die vergangenen Tage ins Zeug gelegt. Alles war vorbereitet. Ich hatte mir große Mühe gegeben mit dem Schmücken: Lichterketten waren aufgehängt, Tannengrün mit roten Kerzen in die Fenster gestellt. Ich zündete sogar eine Räucherkerze an und stellte sie behutsam in das Räuchermännchen meines Großvaters.

Kurz vor der vereinbarten Uhrzeit fiel mir ein, dass du womöglich frieren könntest, und ich drehte die Heizung auf. Nie wird es bei mir auf die richtige Weise warm. Heize ich, wird es schnell stickig in der Wohnung. Heize ich nicht, friert man.

Es klingelte. Ich habe eine hässliche Klingel, sie gibt einen penetranten Summton ab wie die Hupe eines Motorrollers. Aber nie hat sie schöner für mich geklungen. „Komm rein", sagte ich in die Gegensprechanlage und hörte dann, wie deine Schritte im Treppenhaus näher kamen.

Ich stellte mich in die Tür, sah dir entgegen. Wir lächelten uns an.

Kaum hattest du meine Wohnung betreten, schämte ich mich. Ich besaß keine richtige Garderobe, sondern nur Schrauben in der Wand, an die ich meine Jacken hängte. Du nahmst es mit einem Schmunzeln hin, hängtest selbst deinen schönen roten Mantel an eine Schraube.

Dann gingst du durch die Zimmer. Du hast nichts berührt, du hast dich einfach nur umgesehen: der winzige Flur, das Wohnschlafzimmer, das Bad. In der Küche stelltest du die Tasche mit den Kochzutaten ab.

Ich selber sah meine Wohnung wie zum ersten Mal. Den schäbigen alten Schrank, den mir Onkel Kurt überlassen hatte. Das Sofa, das mindestens dreißig Jahre alt war und von einer verstorbenen alten Frau stammte, die ich nicht einmal gekannt hatte, über drei Ecken war es mir bei ihrer Wohnungsauflösung angeboten worden. Meinen Schreibtisch, der bloß ein umfunktionierter Küchentisch war und kaum ausreichte, um all mein Zeichenmaterial zu beherbergen.

Ich hatte keine Gardinen vor den Fenstern, mich störte das nie, aber ich fragte mich plötzlich, ob es dir nicht ungemütlich erschien.

„Hier lebst du also", sagtest du mit sanfter Stimme.

Du sahst dir die drei Zeichnungen an, die ich an die Wand gepinnt hatte, weil sie mir einigermaßen gelungen erschienen, den Buchfink, die Nebelkrähe und die Blaumeise. Dann hast du den Weihnachtsschmuck betrachtet, bist mit den Fingern die Lichterkette entlanggefahren, standest einige Zeit vor dem Räuchermännchen und sahst zu, wie der weiße Schmauch aus dem Mundloch drang. „Du hast schön geschmückt."

Du gingst zu den Skizzen auf dem Schreibtisch, sahst sie dir an. Schließlich hast du dich an den Schreibtisch gesetzt und einen Bleistift genommen und gefragt: „Darf ich es mal versuchen?"

Natürlich durftest du.

Du zeichnetest eine Insel und drei Palmen. „Das ist das Einzige, was ich kann." In den Himmel warfst du Möwen, zusammengesetzt aus einer Doppelwelle, und dann versuchtest du, uns zu zeichnen. Es missglückte, die Beine waren zu lang, die Haare standen in alle Richtungen ab. Aber darauf kam es nicht an. Diese zwei Gestalten am Strand waren wir, und du wünschtest dir, dass wir gemeinsam unter Palmen auf einer Insel sitzen, während am Himmel über uns Möwen segelten und vor uns die Brandung gegen den Sand rauschte.

Du warfst den Bleistift hin und lachtest.

Ich hob einen Teller hoch, auf den ich schön symmetrisch Weihnachtsgebäck gelegt hatte. „Lebkuchen?"

Du nahmst einen und sahst mich an mit deinen tiefblauen Augen. Aber statt abzubeißen, legtest du ihn wieder ab und gingst zu deiner Umhängetasche. Du entnahmst ihr ein Geschenk. „Das ist für dich", sagtest du.

In deiner Stimme lag so viel Zärtlichkeit, dass ich schlucken musste. Ich packte es aus. Ein Schal aus Kaschmirwolle war darin, so weich, dass ich mit den Händen darüberfahren musste, wieder und wieder.

„Du hast neulich so gefroren."

Es stimmte. Mein alter Schal war kaum mehr als ein Lappen und sowieso für den Herbst besser geeignet als für den Winter. Deine Fürsorge berührte mich. „Ich hab auch was für dich", sagte ich und holte deine Geschenke aus der Schublade, wo ich sie zwischen den Socken versteckt hatte.

„Zwei Geschenke?", fragtest du ungläubig.

Zuerst packtest du das Buch aus, „Intrige" von Robert Harris. „Oh, den kenne ich noch nicht!", sagtest du. Dann hast du die Kerze ausgewickelt. Ich hatte Dutzende Bücher aus dünnem weißen Wachs geformt und sie auf die Kerze aufgetragen, fliegende Bücher mit aufgeblätterten Seiten. Deine Finger strichen zärtlich darüber und deine Augen wurden groß. Dann hast du mich umarmt.

Wir blieben einige Momente in der Umarmung. Wunderbare Momente.

Aber irgendwann hast du dich wieder gelöst und gefragt, was ich meinem Vater schenken werde und wie wir nachher Weihnachten feiern würden, und ich sagte: „Du verpasst gerade den Gottesdienst bei euch, oder?"

Du wurdest ernst. „Seit dem Spieleabend … Ich frage mich …" Du brachst ab. „Also, ich wüsste gern … Glaubst du eigentlich, dass es Gott gibt?"

„Weiß ich nicht. Ich schließe es nicht aus."

Das war in Ordnung für dich. Du hast dich weiter umgesehen, hast meinen alten Schallplattenspieler betrachtet und fragtest dann wie beiläufig: „Also stört es dich nicht, dass ich gläubig bin?"

„Wieso sollte mich das stören? Du bist du. Und du gefällst mir."

Du sahst mich an, mit schräg gelegtem Kopf. „Aber etwas stört dich doch am Glauben."

Ich war genauso weich in den Knien wie du in diesem Moment, das kannst du mir glauben. Aber ich beschloss, dass unsere Beziehung keinen Sinn hatte, wenn wir nicht offen zueinander waren. „Da gibt es schon ein paar Sachen", sagte ich. „Zum Beispiel, dass Christen allen einreden wollen, sie wären schuldig."

„Da hast du etwas missverstanden. Das Christentum hat nicht die Sünde erfunden, sondern das Verzeihen."

„Aber ihr sagt doch, dass Gott alle Taten aufschreibt, also alles, was wir Menschen tun."

„Hat das nicht auch etwas Schönes? Wenn ich beim Spazierengehen eine kleine Feder finde, sie aufhebe, sauber mache, trockne und aufbewahre, ist das doch eine Wertschätzung. Genauso bewahrt Gott unsere Taten auf und macht sie zu etwas Schönem. Er sieht uns ... Wir sind von ihm gefunden. Mit allem, was uns ausmacht. Und mit dem, was wir tun."

Habe ich dir überhaupt je gesagt, dass ich deine Sprache schön finde? Du malst mit Worten, so wie ich mit Bleistiftstrichen zeichne.

Das heißt aber nicht, dass du immer recht hast.

Ich habe alles aufgefahren, was ich konnte. Hexenverfolgung. Religionskriege. Verfolgung von Homosexuellen. Unterdrückung der Frau.

Du sahst traurig aus. Warum konnte ich es nicht fürs Erste gut sein lassen, warum musste ich immer weitermachen? Ich verabscheute mich selbst dafür, aber ich konnte nicht aufhören. Ich war wütend auf den Glauben, weil er uns voneinander trennte.

„Das stimmt alles", sagtest du am Ende. „Und es ist furchtbar. Denk bloß nicht, dass ich mir immer so sicher bin in in meiner Sicht auf die Welt. Aber ich glaube, dass Gott sie gemacht hat, dass er sie gewollt hat und liebt. Das ist mir wichtig."

„Ist ja auch eine angenehme Vorstellung. Wirklich, ich beneide dich darum. Nur ist sie realistisch? Ich darf das fragen, oder? Nehmen wir die Vögel. Ihr Christen sagt, oh, sie singen so schön, seht ihr, wie wunderbar Gott die Welt geschaffen hat? Biologen wissen allerdings, dass sie nur singen, um ihr Revier abzugrenzen und anderen Vögeln ihrer Art zu sagen: Haut ab, hier bin schon ich."

Du sahst mich erstaunt an. „Das sagst du, der so liebevoll Meisen und Rotkehlchen zeichnet?"

„Ich kann es ja nicht verdrängen. Bezaubernd finde ich sie trotzdem."

„Die Lerche singt mehr, als Darwin erlaubt. Das habe ich mal irgendwo gelesen. Und so empfinde ich es. Zum Revierabgrenzen würde ein hoher Warnton ausreichen, mechanisch und klar. Wie die Vögel im Frühjahr Musik jubeln, das geht weit darüber hinaus. Das ist kunstvolles Spiel, verstehst du? Luxus. Es lässt sich nicht mit der bloßen Funktion erklären."

Das brachte mich ins Grübeln. Ich musste zugeben, dass du damit einen guten Punkt angesprochen hattest.

„Wir Menschen dürfen das auch", sagtest du, „und wir tun es, wir leisten uns eine verspielte, fröhliche Kindheit, und als Erwachsene haben wir Kunst und Musik und Romane und tolle Architektur und Reisen. Wir beschäftigen uns mit all diesen Sachen ohne einen strengen Zweck, ohne den Blick auf die bloße Nützlichkeit."

Es gibt Männer, die sind abgeschreckt, wenn sie bemerken, wie klug eine Frau ist. Bei mir ist das nicht so. Ich vermisse es, mit dir zu reden. Du siehst so anders als ich auf diese Welt, und das gefällt mir. Ich möchte, dass du wieder glauben kannst.

Ich legte eine Platte mit Weihnachtsmusik auf. Bald wurde die Stimmung wieder besser. Du zeigtest mir, wie leicht es ist, einen Couscous-Salat zuzubereiten. Die Zutaten hattest du mitgebracht. Wir lachten, und manchmal, beim Essen, sahen wir uns an und sagten einfach nichts und mir schlug das Herz schnell, und dir vielleicht auch, deine Augen jedenfalls lächelten.

Spätnachmittags an diesem Heiligabend fuhr jeder von uns zu seiner Familie. Als ich heimkehrte, nachts, nahm ich immer noch den zarten Geruch deines Parfüms im Zimmer wahr. Lenja-Duft.

Heute

Vor dem kleinen Hotel steige ich aus dem Wagen. Nikos verabschiedet sich. Ich betrete mit dem Koffer das Haus. Es ist kühl darin und die Böden sind spiegelblank. Ich bekomme den Zimmerschlüssel und frage den Hotelangestellten, ob ich hier auch etwas essen könne. Er verneint, sie hätten leider kein Restaurant. Aber er könne mir etwas im Ort empfehlen.

„Das wäre großartig", sage ich auf Englisch. „Nichts allzu Teures bitte, mir genügt eine schlichte Mahlzeit. Vielleicht Pizza."

Der Grieche sieht mich an, als hätte ich einen schlechten Scherz über seine Zähne gemacht. „Sie wollen Pizza essen?"

Mir wird heiß. Wie konnte mir das rausrutschen! Ich bin in Griechenland.

„Ich bin gelernter Koch", erklärt er. „Ich weiß wirklich, wovon ich rede. Ich empfehle Ihnen das Restaurant *Meze Meze*, da habe ich gearbeitet. Probieren Sie mal Gyros. Sie essen doch Schweinefleisch?"

Ich verstumme. Diese Freude kann ich ihm jetzt nicht auch noch nehmen.

Wieder ein enttäuschtes Gesicht. „Ich glaube nicht, dass sie bei *Meze Meze* etwas mit Rindfleisch haben."

Beschämt bringe ich meinen Koffer auf das Zimmer. Ich will es mir nicht gleich mit allen verderben. Ich bin ihr Gast, und ich wollte hierherkommen. Später irre ich durch den Ort und esse schließlich mit schlechtem Gewissen in einem anderen Restaurant, weil ich das *Meze Meze* nicht finde. Ich sitze am Fenster mit Blick auf die zerklüfteten Berghänge. *Mountain no fear, but respect.*

Meine Portion vegetarisches Risotto ist nicht zu schaffen, davon könnten zwei Männer satt werden. Ich zwinge sie mir trotzdem rein, den Hotelangestellten habe ich bereits beleidigt, jetzt will ich nicht auch noch die Griechen im Restaurant vor den Kopf stoßen. Litochoro ist klein, sicher kennen sich alle.

Als ich bezahlen will, wehrt der Kellner ab. Statt mit der Rechnung zurückzukehren, bringt er einen Nachtisch. Den hatte ich nicht bestellt. Der Kellner lässt sich nicht auf Diskussionen ein und geht wieder, scheinbar gehört das zur Höflichkeit hier, ein Nachtisch muss sein. Ich löffle die Süßspeise. Dass bei dieser Menge an Zucker der Löffel nicht darin stecken bleibt, ist erstaunlich. Oder haben sie Honig zum Süßen verwendet? Ja, das muss Honig sein.

Übersatt schleppe ich mich zurück zum Hotel. Vor der Bergtour morgen hätte ich nicht so viel essen sollen.

Ich passiere ein Uhrmachergeschäft, in dessen Schaufenster ein paar altmodische Wecker stehen, sonst nichts, aber ich sehe den Uhrmacher drinnen an einem Tisch sitzen und eine Uhr reparieren. Irgendwie ist mir das armselige Geschäft sympathisch. Ich hätte dem Mann gern einen Wecker abgekauft, einfach, um ihn zu unterstützen.

Ich fühle mich dem leeren Laden wesensverwandt. So bin auch ich, leer geräumt, armselig, und ich versuche, dich und mich zu reparieren.

Daneben folgt ein modernes Geschäft mit Trekkingschuhen im Schaufenster. In Deutschland habe ich mich gegen Trekkingschuhe entschieden. Ich habe mir von der Verkäuferin im Sportgeschäft erklären lassen, was das Besondere an diesen Schuhen ist, und dann meine alten, halbhohen Winterschuhe aus dem Rucksack gezogen und sie mit den professionellen Trekkingschuhen verglichen. Beide bedecken die Knöchel, beide wiegen etwa gleich viel, die Sohle ist ähnlich stabil. Wieso extra Trekkingschuhe kaufen? Das ist nur Geldmacherei, wie bei den Cremes für Frauen, da haben wir uns mal einen Abend schlappgelacht, weißt du noch? Über Spezialcremes für alles Mögliche: Gesichtscreme, Handcreme, Fußcreme, Bodylotion, Anti-Aging-Creme, Nachtcreme, Tagescreme, Zehn-Uhr-Creme, Elf-Uhr-Creme, Zwölf-Uhr-Creme, Creme für trockene Haut, Creme für normale Haut … und wahrscheinlich ist überall dasselbe drin. Ich werde auch hier in Griechenland nicht einknicken.

Vor dem Café auf der anderen Straßenseite sitzen Männer an den zierlichen Tischen. Ihre Gesichter sind wettergegerbt, mit ernstem Blick sehen sie mir nach. Die Frauen haben scheinbar anderes zu tun, als im Café zu sitzen.

Abends liege ich lange wach. Ich halte das Handy in der Hand. Du schreibst nicht.

Vor sechs Monaten

An einem Dienstag nach Neujahr kam ich von der Arbeit heim, abgekämpft und müde. Ein Mann stand vor meiner Haustür. Er fragte: „Bist du Stefan?"

Ich bestätigte es zögerlich.

„Bist du mit Lenja zusammen?"

Es war nicht schwer, eins und eins zusammenzuzählen. Natürlich hattest du einen Freund. Eine wie du ist nicht allein, das hätte mir klar sein müssen. Ich hatte es nicht wahrhaben wollen, hatte dich nicht mal danach gefragt.

Er war groß, hatte blonde Locken und sah aus wie ein freundlicher Basketballspieler. Und er war sichtlich betroffen, dass du und ich uns trafen. Ihr hattet euch erst vor ein paar Wochen getrennt.

„Vor wie viel Wochen?", fragte ich. Ich wollte es genau wissen.

Er rechnete zurück. Aus den paar Wochen wurden bei genauem Hinsehen zwölf. Das war deutlich vor unserer Begegnung in der Bibliothek gewesen.

„Sie schreibt mir noch“, sagte er.

Ich fuhr zusammen. „W…was schreibt sie dir so?“

„Kann ich dir jetzt nicht zeigen. Das ist privat.“

„Und warum bist du hergekommen? Woher weißt du überhaupt, wo ich wohne?“

Er verzog das Gesicht. Er war dir also nachgegangen. Das musste gestern gewesen sein, da waren wir bei mir gewesen und hatten einen Film geguckt. Wie lange hatte er abends hier draußen gestanden? Bis du gegen zehn das Haus wieder verließt? Und wo hatte er sich versteckt, damit du ihn nicht sahst?

Er sagte: „Ich will sie zurück. Und ich sag dir, sie wird zu mir zurückkommen. Wir kennen uns, seit wir vierzehn sind. Du bist ein Abenteuer für sie, mehr nicht.“

Das hörte ich wieder und wieder in meinem Kopf, als ich ihn fortgeschickt hatte und die Treppe hochging. Ich bebte vor Wut und Verzweiflung, ich bekam kaum die Wohnungstür aufgeschlossen, hatte Schwierigkeiten, die Jacke auszuziehen. Drin setzte ich mich auf das Bett und rief dich an.

Du hörtest es sofort an meiner Stimme. „Stimmt etwas nicht? Geht es dir nicht gut?“

„Dein Freund war hier.“

Es wurde still in der Leitung. Du schwiegst lange. Mir kam es vor wie mehrere Minuten. Schließlich sagtest du: „Er ist nicht mehr mein Freund.“

„Das sieht er anders.“

„Was hat er erzählt?“

Was gab es denn zu erzählen? Dinge, die mir wehtun würden. Mit Sicherheit. Mir schossen Tränen in die Augen, ich blinzelte sie mühevoll weg.

„Hör zu“, sagtest du, ohne eine Antwort abzuwarten. „Ich komme zu dir. Hau nicht ab, ja?“

Wir legten auf.

Eine Viertelstunde später warst du da. Du hast mich umarmt, vorsichtig, als wäre ich aus Glas und könnte gleich zerbrechen. Dann saßen wir da, du auf dem Sofa, die Beine untergeschlagen, ich auf dem Stuhl.

„Mit Philipp ist es kompliziert“, fingst du an.

„Warum hast du nie von ihm erzählt?“

„Ich wollte es dir sagen.“ Du sahst zu Boden. „Aber es ist doch auch blöd, vom Ex zu sprechen, findest du nicht? Das wirkt dann so, als könnte man ihn nicht vergessen. Als wäre er noch wichtig. Ich hatte Sorge, dass es dich vergrault.“

„Du schreibst ihm noch?“

„Ich habe ihm von dir erzählt, damit er sich die Sache endlich aus dem Kopf schlägt. Es ist schwer für ihn.“

Das Mitgefühl klang verdächtig nach den Resten einer großen Liebe. Ließen sich solche Reste nicht wiederbeleben? Womöglich wart ihr längst dabei, die Bruchstücke eurer Beziehung wieder zusammenzufügen. „Hör zu“, sagte ich, „wir sind nicht zusammen. Du bist also frei.“

Du warfst mir einen verletzten Blick zu.

Aber es war Fakt. Wir hatten nie ausgesprochen, dass wir zusammen waren. Klar, wir hatten uns verabredet und uns verliebt angesehen. Vielleicht sagte ich es auch deshalb so hart, weil ich dich erschrecken wollte, um dich aufzuwecken. „Ich habe keinen Anspruch darauf, dass du dich nur mit mir triffst."

„Doch, hast du", sagtest du leise.

„Warum hast du dich von ihm getrennt?"

„Habe ich nicht. Er hat mich verlassen."

Das erklärte das Gefühl in deiner Stimme. Die Trennung hatte dich verletzt, und jetzt bot der Kerl dir an, die Verletzung zu heilen. „Das klang bei ihm vorhin anders. ‚Wir haben uns getrennt.' So hat er es gesagt."

Du schwiegst.

Dein Schweigen tat mir weh.

Wir kamen nicht weiter. Du gingst bald darauf. Ich weinte mein Kissen nass.

Philipp hatte die besseren Karten. Mit ihm verbandest du unzählige schöne Erinnerungen. Wie konnten die paar Wochen, die wir uns kannten, das aufwiegen? Übergangsweise hattest du mich geliebt, weil es mit deinem Freund schwierig geworden war. So musste es gewesen sein. Ich war ein kurzer Trost für dich gewesen, mehr nicht.

Ich war niedergeschossen. Ich griff nach dem Schal, den du mir geschenkt hattest, und taumelte damit ins Bett. Ich weinte, atmete, strich über den Schal, weinte, bis mir die Augen schmerzten.

Ich war wütend auf diesen Mistkerl. Und auf mich selbst. Hatte ich dich durch meine Vorwürfe in seine Arme getrieben? Du hättest Unterstützung gebraucht, nicht Angriffe.

Spät am Abend wurde die Straße vor meinem Haus ruhig, die Straßenlaternen leuchteten fahl ins Fenster. Da klingelte das Telefon. Du warst dran. „Schläfst du schon?", fragtest du.

Wie war ich froh, deine Stimme zu hören!

„Ich wollte dir nur sagen, dass ich Philipp nicht nachtrauere. Falls du das gedacht hast."

Eine Weile war es still in der Leitung.

„Was machen wir jetzt?", fragte ich.

„Das gefällt mir, dass du ‚wir' sagst." Deine Stimme klang immer noch traurig, aber es lag bereits ein leises Lächeln darin.

Heute

Zum Frühstück gibt es im Hotel wieder Süßes: warm gebackene Blätterteigstückchen, mit Puderzucker bestreut, und dazu etwas, das schmeckt wie zerlassene Marshmallows auf weichem Plätzchenteig. Außer mir frühstückt nur ein Pärchen, viel scheint hier nicht los zu sein.

Ich packe meinen Rucksack. Es ist sommerlich warm, trotzdem stecke ich Kleidung ein wie für einen Winterspaziergang. Oben in zweitausendsiebenhundert Metern Höhe soll ein eisiger Wind wehen. Wenn alles gut geht, werde ich dort in einer Hütte übernachten. Beim Zeichenblock und den Stiften zögere ich einen Moment. Dann packe ich sie ein.

Nikos bringt mich mit dem Taxi nach Prionia, tausendeinhundert Meter über dem Meer. Hier endet die Straße bei einem alten Sägewerk. Es ist erstaunlich kalt hier oben, kein T-Shirt-Wetter mehr.

Ich gehe rüstig los. Noch haben meine Schritte Schwung. Der Weg führt durch den Wald hinauf, die Farne am Wegrand färben sich schon herbstlich braun. Ein

Eichhörnchen klettert einen Stamm hoch und sieht mich an. Wir halten inne, alle beide. Dann klettert es ohne Eile weiter die Kiefer hinauf.

Es wird felsiger. Ich muss aufpassen, wo ich hintrete. In einer breiten Kluft links des Weges liegen ausgebliche-ne Bäume kreuz und quer übereinander, wie von Mikado spielenden Riesen liegen gelassen. Die Stämme sind ohne Rinde oder Laub, die Wurzeln vertrocknet. Ein Baum-friedhof. Ringsum ragen steile Bergwände auf.

Ich überhole sieben Maultiere, die in einer Reihe hin-tereinandergehen, beladen mit prall gefüllten Säcken, Wasserflaschen im Zwölferpack und einem in Leder ge-wickelten Bündel Heu, sie tragen ihr eigenes Futter, ihre Belohnung, mit sich. Auf dem führenden Maultier sitzt ein Mann auf einem hölzernen, thronartigen Sattel. Wie finden die Maultiere nur Halt auf dem schmalen felsi-gen Pfad? Sie tragen keine Schuhe mit Profil wie ich, son-dern haben bloß ihre glatten Hufe, und selbst mir fällt es schwer, die Füße sicher aufzusetzen.

Immerhin, sie gehen langsamer als ich. Stolz stelle ich fest, dass ich nach einer halben Stunde ihre Halsglocken nicht mehr höre. So weit habe ich sie inzwischen hinter mir gelassen. Allerdings sollte ich in diesem Tempo nicht weitermachen. Ich muss rasten.

Ich ziehe mein Handy aus dem Rucksack. Kein Emp-fang mehr. Ich mache zwei Fotos, dann schalte ich das Ge-rät aus.

Du bist auf dieser Welt, atmest die gleiche Luft wie ich. Und du warst letztes Jahr hier, bist denselben Weg gegangen.

Ich trinke aus meiner Wasserflasche. Obwohl ich gern länger pausieren würde, gehe ich weiter. Ich habe Sorge, von den Maultieren eingeholt zu werden.

Ab und an bleibe ich stehen, um die Aussicht zu genießen. Sie ist beeindruckend. Die Gebirgswälder in der Ferne wirken wie eine mit Moos bewachsene Miniaturlandschaft. Der Olymp macht mich klein mit seinen Dimensionen, er wirft mich in die Bedeutungslosigkeit. Ich bin reduziert auf meinen Schweiß, meine schmerzenden Fußsohlen und die Lungen, die ich mit frischer Bergluft fülle.

Auf zweitausendeinhundert Metern Höhe erreiche ich eine bewirtschaftete Berghütte. Ich bestelle Spaghetti. Während ich esse, kommt das Scheppern der Handglocken näher. Schließlich sehe ich sie. Die Maultiere kommen an. Mir wird bewusst, wie mühevoll meine Nudeln hier hochgeschleppt worden sind, über drei Stunden auf den Rücken der Lasttiere.

Hinter der Berghütte endet die Zivilisation. Ich rede mit der Wirtin. Sie spricht Deutsch, weil sie einige Jahre in Deutschland gelebt hat. Ich muss mich wohl entscheiden. Die eine Route dauert länger, ist aber leichter zu bewerkstelligen. Die andere ist herausfordernd.

„Schaffe ich das?“, frage ich.

Die Wirtin zwinkert mir zu. „Sie sind doch jung und stark."

Welchen Weg bist du gegangen? Ich würde dich gern fragen.

Vor fünf Monaten

Du hast mich eingeladen, dich einmal in den Gottesdienst zu begleiten. Mit großer Umsicht hast du das gefragt. Selbstverständlich habe ich zugesagt. Der Glaube war ein Teil von dir, und ich wollte alles kennenlernen, was zu dir gehört.

„Erwarte nicht, dass du Gott vorgeführt bekommst“, sagtest du vor dem Gebäude zu mir. Du warst nervös. Es war dir wichtig, dass ich zu einer guten Meinung über deine Kirche fand.

Der Saal war hell und freundlich, die gepolsterten Stühle erstaunlich bequem. Ich hatte harte Kirchenbänke erwartet. Und die Leute sahen recht gewöhnlich aus, sie waren nur um eine Winzigkeit zu freundlich, sogar aus der Reihe vor uns drehten sie sich um, damit sie uns die Hand geben und uns begrüßen konnten.

Es gab Schlimmeres, als freundlich behandelt zu werden. Sie verkauften eben etwas, sie verkauften ihre Gemeinde und gaben sich entsprechend Mühe.

Das Programm begann. Inmitten der Christen fühlte

ich mich plötzlich durch und durch als Atheist. Ich hatte es für mich immer offengelassen, ob es Gott gab oder nicht, aber so felsenfest überzeugt, wie die Menschen hier waren, spürte ich beinahe körperlich: Ich war keiner von ihnen. Je besser sie Bescheid wussten, wann man aufzustehen hatte und wann man sich wieder hinsetzte, wann man „Amen" sagte und in welchem Buch man das Lied aufschlug, desto mehr war ich ein Fremder. Je gläubiger sie wirkten, desto ungläubiger kam ich mir vor.

Du hattest einen verletzlichen Zug um den Mund. *Verurteile uns nicht. Gib uns eine Chance.*

Das Klavier spielte die ersten Töne des nächsten Liedes, und ich war wie elektrisiert. Dieses Lied kannte ich! Es warf mich in die Kindheit zurück, in die evangelischen Gottesdienste, die ich mit Tante Friedchen besucht hatte. Dort in Tante Friedchens Kirche hatten mich die bunten Glasfenster fasziniert. Ich begann damals, mich für Kunst zu interessieren. Je nach Wetter und Jahreszeit leuchteten die Fenster anders. Sie bemalten mit ihren Farben den Steinboden und die Bänke und sogar die Gesichter der Gottesdienstbesucher. Mit der Kraft der Sonne gaben sie Geschichten aus der Bibel wieder.

Tante Friedchen hielt das Liederbuch immer so, dass ich mitlesen konnte, auch wenn es mir als Schulanfänger schwerfiel, schnell genug zu sein mit dem Lesen. Hinterher flüsterte sie stolz: „Siehst du", weil ich den Refrain hatte mitsingen können. Damals waren Mama und Lauri noch bei uns gewesen. Es war eine gute Zeit gewesen, unbedarft und ruhig, mit dem Zauber der Kindheit, der wie Diamantstaub alles zum Glänzen brachte, die Keksdose bei Tante Friedchen, meinen Malkasten, die Ameisenstraße neben dem Gehweg vor dem Haus. Das Lied brachte all das zurück. Es wärmte mich von innen.

Jetzt trat die Pastorin nach vorn. Sie sagte, vor ihrer Predigt habe sie sich ein weiteres Lied gewünscht, das wir zusammen singen würden. Der britische Sänger Cat Stevens habe es Anfang der 1970er-Jahre weltweit bekannt gemacht. Cat Stevens sei damals zwanzig Jahre alt gewesen und hätte gerade eine schwere Tuberkulose überstanden. In einem Buchladen habe er in einem Gesangbuch ein Lied mit einer alten gälischen Melodie gefunden. Das Lied habe genau seine Gefühlslage getroffen: die eines Menschen, der die Welt erlebt, als sähe er sie zum allerersten Mal. „Morning has broken." So könne man Cat Stevens Lied übersetzen:

Der Morgen ist angebrochen, als wäre es der allererste Morgen.
Die Amsel hat gesungen, als wäre sie der allererste Vogel.
Gepriesen sei ihr Gesang, gepriesen sei der Morgen.

Es gäbe eine deutsche Übersetzung des Liedes vom Berliner Theologen Jürgen Henkys, die würden wir jetzt gemeinsam singen.

Wir sangen, und ich verstand, dass der Glaube nicht immer *gegen* etwas sein musste, *gegen* Homosexualität und *gegen* Abtreibung und *gegen* den Zeitgeist, sondern dass er *für* etwas sein konnte. Er konnte Wertschätzung und Zuwendung bedeuten.

Dass ich mitsang, machte dich glücklich, ich sah dein Gesicht leuchten. Als die letzten Töne verklangen, sagtest du leise zu mir: „Hast eine schöne Stimme."

Nach dem Gottesdienst standen wir auf, gingen Richtung Ausgang. Da sah ich ihn. Philipp. Der Atem blieb mir weg wie nach einem Hieb in die Magengrube.

Er bewegte sich lässig, offenbar gehörte er in deine Kirchengemeinde. Philipp trat auf dich zu und begrüßte dich mit lockerer Umarmung. Mir gab er die Hand.

Mir wurde heiß und kalt im Wechsel. Sein Geplauder war nicht zu ertragen. Er fragte nach deiner Seminararbeit zur Modelltheorie. Woher wusste er davon?

Du warfst mir einen Blick zu, den ich nicht deuten konnte. War deine Erwartung, dass ich etwas sage? Dazwischengehe, ihn von dir wegstoße? Dann hättest du ihm nicht so freundlich antworten sollen.

Philipp lachte. Er war cool, war souverän. Ich dagegen stand wie ein Idiot neben euch, unfähig, etwas zu sagen.

Ein Mann und eine Frau sprachen mich an. „Wir sind die Eltern von Lenja. Du bist Stefan, oder?"

Auch das noch! So sollten mich deine Eltern nicht kennenlernen. Mir schoss das Blut ins Gesicht. Hatten sie die Situation beobachtet und wollten mich erlösen? Oder wollten sie dir Zeit verschaffen, dich mit Philipp auszutauschen?

„Hättest du Lust, heute bei uns Mittag zu essen?"

Ich bedankte mich. „Wenn Lenja einverstanden ist, gerne." Immerhin war es eine Chance, dich von Philipp wegzubringen. Den würden sie ja wohl nicht auch einladen, dachte ich.

Deine Eltern nahmen uns im Mercedes mit. Das Auto roch neu. Dein Vater fragte mich nach meiner Arbeit, und ich redete mich um Kopf und Kragen. Sagte, dass der Supermarkt die Leute wütend mache.

„Wieso denn?", fragte deine Mutter erstaunt.

Ich sagte: „Sie werden mit ihrer Konsumentenseele konfrontiert. Die Leute ahnen, dass die Verpackungen sie belügen. Die Kuhweiden auf der Milch und die lachenden, gesunden Kinder auf der Süßigkeitenschachtel, die sagen nicht die Wahrheit, und das verärgert die Kunden. Dazu die Kacheln und das Neonlicht. Wir kriegen es an der Kasse ab, die sagen weder ‚Hallo' noch ‚Tschüss'. Wir sind für sie kein menschliches Gegenüber."

„Aber du zeichnest auch, hat Lenja erzählt", sagte deine Mutter.

Du warst schweigsam und ernst im Auto. Hier endlich mischtest du dich ein. „Er zeichnet nicht bloß, Mama. Er will Kunst studieren."

„Kann man denn davon leben?", fragte dein Vater.

Ich sah, dass deine Mutter deinem Vater kurz die Hand auf das Bein legte. Offensichtlich hatten sie über dieses Thema bereits gesprochen und es herrschte Einigkeit.

Die Frage lieferte die Antwort gleich mit. Sie drückte Zweifel an meinem Verstand aus, Zweifel an mir. Du hast die Füße nicht auf dem Boden, sagte die Frage. Du bist ein Träumer, und für unsere Tochter kommt ein Träumer nicht infrage.

„Natürlich", sagte ich. „Der Weg zu Ruhm und Erfolg ist beim Kunststudium vorgezeichnet."

Das kam nicht gut an. Nicht nur hatte ich es bei der Berufswahl am gebotenen Ernst fehlen lassen, jetzt tat ich auch noch ihre Kritik daran mit einer albernen Replik ab. Das Leben ist kein Spiel, sagten die reglosen Schultern deines Vaters. So wirst du nicht weit kommen, schwieg deine Mutter.

Der Rest der Fahrt plätscherte mit zurückhaltendem Smalltalk dahin.

Die Wohnung deiner Eltern war aufgeräumt. Auf einem kleinen Tisch lag ein Deckchen mit Bordüre. In farbigen Vasen steckten Kunstblumen. Dass das Cerankochfeld in der Küche einen Sprung hatte und die Bezüge der Stühle zerschlissen waren, wunderte mich allerdings. Dein Vater fuhr ein neues Auto! Wie passte das zusammen?

Deine Mutter hatte die Lasagne bereits vorbereitet, sie musste sie nur in den Ofen schieben. Offenbar war die

Einladung bereits geplant gewesen. Warum hattest du mich nicht vorgewarnt?

Ich sah Fotos deiner Brüder, die beide bereits verheiratet waren. Nach ihren Berufen fragte ich nicht. Ich wollte den Tonfall nicht hören, in dem deine Eltern über Ingenieurstudien oder Jura sprachen.

Beim Essen warst du in dich gekehrt. Ich fühlte mich verlassen, und ich fand, die Rolle des Schweigsamen hätte mir zugestanden und nicht dir.

Heute

Es geht immer steiler hinauf. Ich kann nicht mehr runtersehen, sonst pumpt mir das Herz vor Angst. Ich bin nicht sicher, ob ich hier noch richtig bin. Die letzte gelbe Markierung ist lange her. Es ist kein Weg mehr zu erkennen. Ich ziehe mich an Felsbrocken hoch, daneben geht es schroff in die Tiefe.

In gefährlicher Schräglage bewege ich mich durch einen Abhang aus Gestein. Ein Bergsteigerteam kommt mir entgegen, seitlich versetzt. Sie rufen: „You are too far up, go right!"

Also habe ich tatsächlich den Weg verloren. Steine poltern abwärts. Wenn ich wegrutsche, stürze ich ins Nichts. Ich überlege, ob ich die Bergsteiger bitten kann, mich mit runterzunehmen. Sehen sie, dass ich mich überschätzt habe und in Not geraten bin?

Auf eigenartige Weise erscheint mir der Weg nach oben sicherer als der nach unten. Blicke ich nach unten, bin ich überzeugt, gleich abzustürzen. Es ist leichter, aufwärtszuklettern.

Ich folge den Anweisungen der Bergsteiger und finde eine gelbe Markierung. Ich klettere weiter, suche, klammere, wage mich höher hinauf.

Für den Abstieg werde ich die leichtere Route nehmen. Wenn ich es bis dahin überlebe. Man brauche nur Trittfestigkeit und sollte schwindelfrei sein, stand im Internet. Ich hatte mir Hängebrücken vorgestellt oder einen Trampelpfad entlang einer Felswand, wo man sich im Vorwärtsgehen an einem Drahtseil festhält. Die Realität sieht anders aus. Hier führen die Felswände über zweitausend Meter in die Tiefe. Und es gibt kein Drahtseil.

Irgendwann stirbt jeder, aber ich möchte nicht sterben, indem ich abrutsche und mit rudernden Armen an schroffem Gestein entlang hinabstürze, eine Ewigkeit lang, bevor mich der Aufprall umbringt.

Du hast versucht, mich zu bekehren. Wir haben über Himmel und Hölle gestritten und darüber, ob der Glaube an Gott eine Einbildung ist oder nicht. Ich sagte, dass die westliche Gesellschaft auf Vernunft und Technik aufgebaut wurde, und dass ich ganz froh darüber bin, und du hast gekontert, dass viele großartige Erfindungen in Klöstern und von Geistlichen gemacht wurden. *Welche denn?*, fragte ich. Du zähltest auf: die Brille, das Schießpulver, die erste Rechenmaschine, die Genetik.

Ich sagte, ob es den legendären Mönch Berthold Schwarz überhaupt gegeben habe und das Schwarzpulver nicht doch eher aus China komme, wisse niemand.

Außerdem hat ein Jesuit die Laterna magica erfunden, sagtest du, und auf der basierten heutige Projektionsapparate. Die ersten Mondkarten habe er auch erstellt. Und dass wir das Chinin als Arzneimittel entdeckt hätten, verdankten wir den Jesuiten. Der Glaube sei überhaupt nicht bildungsfeindlich.

Du hättest deine Ansichten und ich meine, sagte ich.

Da sahst du mich mitleidig an und hast behauptet, Gott würde mich finden, eines Tages.

„Wenn er Gott wäre, müsste er nicht einmal suchen." Das sagte ich damals.

Ich gestehe, dass ich angefangen habe zu beten. Ich habe Gott angefleht, unsere Beziehung zu retten, und ihm versprochen, im Gegenzug an ihn zu glauben und mit dir in die Kirche zu gehen bis an das Ende unserer Tage.

Tja, er hat es nicht getan.

So wie damals, als Mama und Lauri uns verlassen haben. Ich habe als Zehnjähriger vor meinem Bett gekniet, wie es mir Tante Friedchen gezeigt hatte. Ich habe gefleht, wie nur ein Kind flehen kann. *Gott, mach, dass sie zusammenbleiben. Gott, mach, dass sie sich wieder lieben. Bitte!*

Aber sie trennten sich, und nicht mal in der Nähe geblieben ist Mama, sie ist mit Lauri nach Süddeutschland gezogen. Da war für mich klar, dass es nichts bringt, Gott um Hilfe zu bitten.

Wenn Gebete nicht erhört werden, heißt das dann auch, dass es kein Leben nach dem Tod gibt? Dass niemand auf mich wartet, wenn ich die Felswand runterstürze? Dass es dann aus und vorbei ist? Ich bin mir nicht sicher.

Gott hat mich enttäuscht. Aber bloß weil er sich weigert zu tun, was ich möchte, heißt das noch längst nicht, dass er nicht existiert.

Es ist verrückt: Im selben Moment, in dem du Gott verloren hast, wurde ich von ihm gefunden. Ich glaube, dass er da ist. Diesen Glauben kann ich nicht erklären. Da ist eine Wolke von Fragen, die für mich ungeklärt sind. Inmitten dieser Wolke *spüre* ich, dass es ihn gibt, und nicht nur das: sogar auch, dass er mich *sieht*.

Das bedeutet nicht, dass ich keine Angst habe zu sterben. Gott hat ja auch zugelassen, dass mir zweimal das Herz gebrochen wurde.

Ich lehne mich an den Felsen. Meine Beine zittern. Ich fühle dem Schmerz in meinen Füßen nach, dem Wummern und Ziehen, das sich entlang der Sohle bewegt. Aus dem Rucksack angele ich die Flasche und trinke.

Ich taste nach der Tüte mit den Mürbeteigkeksen, die ich beim Bäcker in Litochoro gekauft habe. Die Regale kamen mit erstaunlich wenig Produkten aus: Es gab nur zwei Sorten Brot, helles und dunkles, Brötchen, einen Blechkuchen und diese Mürbeteigplätzchen. Dagegen sind die deutschen Bäcker ein Kaufhaus mit ihrer Angebotsfülle. Aber mir gefällt die Schlichtheit. Das Überangebot bei uns in Deutschland sagt uns dauernd, dass wir unser Leben nicht genug auskosten, dass wir noch dies probieren müssten und das, und am Ende kaufen wir so viel ein, dass das Gebäck vertrocknet, bevor wir es essen können.

Wie besonders so ein Mürbeteigplätzchen ist, wenn man hoch oben in den Bergen nichts anderes als die Plätzchen hat und für später noch einen Apfel.

Ich ziehe den Reißverschluss des Rucksacks zu. Steige weiter hoch. Schwarze Vögel stürzen sich an mir vorbei in die Tiefe, ich höre ihr Gefieder rauschen, obwohl sie die Flügel starr halten. Es ist so still hier oben, dass ich hören kann, wie der Wind über ihr Federkleid pfeift.

An einem Felsvorsprung ziehe ich meine Jacke aus dem Rucksack und schlüpfe hinein, der Pullover genügt nicht mehr. Es ist empfindlich kalt geworden, die Luft erinnert an frühe Wintertage.

Vor fünf Monaten

Einmal waren wir bei dir und es war spät geworden, und draußen sanken in endloser Folge Myriaden von Schneeflocken zu Boden, nur in den Lichtkegeln der Laternen wie durch einen Zauber sichtbar gemacht. Du sagtest: „Du kannst bleiben. Aber es wird nichts passieren, wir müssen vernünftig sein, versprichst du mir das?"

Ich versprach es.

Wir lagen im Bett und erzählten uns Geschichten aus unserer Kindheit, umwärmt von einer Decke.

Ich erzählte, wie ich früher Stau gespielt hatte, indem ich meine Autos in einer langen Reihe aufstellte, das erste ein Stück vorschob, das zweite nachzog, das dritte, das vierte, bis zum Schluss. Dann fuhr wieder das erste Auto ein Stück. Oder wie ich ein unendliches Spiegelbild erzeugt hatte, indem ich mich mit dem Handspiegel vor den Spiegel im Flur stellte und mich in immer kleiner werdenden Bildern tausendfach in der geheimnisvollen Unendlichkeit verschwinden sah.

Dann verriet ich dir, dass ich früher glaubte, nach der Zubettgehzeit passiere Märchenhaftes bei den Erwachsenen, und dass ich mir nichts sehnlicher wünschte, als einmal aufbleiben zu dürfen. Ich stellte mir vor, dass abends die herrlichsten Dinge passieren würden, für die die Erwachsenen immer warteten, bis die Kinder schliefen. Wunderbares, für das man die Kinder für noch zu klein hielt.

Und wenn Besuch da war und ich meine Mutter lachen hörte, ihr unbeschwertes, schönes Lachen, war das für mich unvergesslich. Bis dieses Lachen irgendwann immer seltener zu hören war, und dann waren Lauri und sie eines Tages fort.

Du erzähltest, wie du deiner Puppe die Haare abschnittst und glaubtest, sie würden wieder nachwachsen, so überzeugt seist du gewesen, dass deine Puppe lebte. Es habe ein schreckliches Donnerwetter von den Eltern gegeben, und dann sei ein Jahr lang kein Geld für eine neue Puppe da gewesen, also hättest du mit der Kurzhaarpuppe gespielt, und deine Freundinnen hätten dich damit aufgezogen, bis du sie im Schrank verstecktest und nur noch selten herausholtest, jedes Mal im unerquicklichen Bewusstsein, die Schuld an der misslichen Lage der Puppe zu tragen.

Später hättest du deinen Puppen und Kuscheltieren das Zählen und das Rechnen beigebracht. Und du hättest auf langen Autofahrten die blauen Autos gezählt und die roten, oder die Leitpfosten am Straßenrand, und ein besonderes Vergnügen sei es immer für dich gewesen, wenn die digitale Anzeige von Vaters Wecker, der auch die Sekunden zählte, samstags 10:00:00 Uhr anzeigte oder 11:11:11 oder 13:13:13 Uhr.

Hand in Hand schliefen wir ein.

Am nächsten Morgen war ich lange vor dir wach. Ich lag einfach da und blickte dich an. Wie friedlich du aussahst im Schlaf. Wie wunderschön deine Stirn war, der Schwung deiner Augenbrauen, deine Nase, die Lippen, die Kinnpartie. Ich stand leise auf, um Papier und einen Bleistift zu suchen. Ich wollte dich zeichnen.

Da gab dein Handy ein Signal. Und kurz darauf erneut.

Du schliefst weiter.

Schrieben dir deine Eltern? Würde ich nächstes Mal einen eisigen Blick von ihnen ernten, weil ich mich durch diese Nacht als Gefahr für ihre Tochter „entlarvt" hatte? Das fragte ich mich. Wie offen sprachst du mit ihnen? Würdest du ihnen davon erzählen?

Dann dachte ich: *Was, wenn Philipp dir schrieb?*

Als dein Handy ein drittes Mal den Nachrichtenton spielte, ging ich hin. Ich wusste, dass es nicht richtig war. Aber ich sah mit pochendem Herzen zu dir hin und nahm dein Handy hoch und entsperrte es. Warum hattest du mir denn deinen Code verraten, wenn das nicht eine indirekte Erlaubnis gewesen war, in einem solchen besonderen Fall zu lesen, was dir jemand so dringend schrieb? Ich wollte es in diesem Moment so verstehen, weil ich eine Ausrede brauchte.

Philipp. Von ihm waren die Nachrichten. Ich las die letzte:

Bitte nicht falsch verstehen. Aber Alex sieht das genauso.

Du strecktest dich im Bett, und ich legte das Handy hin, die Bewegung machte dich aufmerksam. Es genügte dir, mein Gesicht zu sehen und das schlechte Gewissen darin.

Mit einem Ruck setztest du dich auf. Zorn entflammte deine Wangen. „Bist du so? Stefan? Wühlst du auch in meinen Taschen? Spionierst du mir nach?"

„Lenja, er denkt, er hat noch Anspruch auf dich."

„Du hast ihn ein paarmal gesehen und weißt gleich, was er denkt, ja?"

„Ich habe Angst, dich zu verlieren."

Du standest auf. „Wenn du so weitermachst, schaffst du das. Eifersucht ist ein No-Go. Ich hab keine Lust auf einen Kontrollfreak." Du nahmst das Handy und gingst ins Bad.

Später gab es nur noch eisiges Schweigen zwischen uns.

Ich ging zu Fuß nach Hause, hatte vergessen, wie Bus und U-Bahn funktionieren, ich lief blind durch die Straßen, setzte einen Fuß vor den anderen, und es war, als ginge ein anderer. Ich war taub vor Schmerz, und ich fühlte mich leer.

❄ ❄ ❄

Vier Tage hörte ich nichts von dir. Ich sah oft auf das Handy, aber ich verbot mir, dir zu schreiben. Ich war kein Kontrollfreak. Und wenn du mich so missverstehen konntest, warst du weniger in mich verliebt, als ich gehofft hatte. Hatte ich bloß meine eigenen Gefühle in deine Blicke und Worte hineininterpretiert? Mich in etwas hineingesteigert, das nicht der Realität entsprach?

Ich erklärte es mir wie einem unverständigen Kind. Ich versuchte, mein Gefühle abzukühlen. Aber in mir brüllte der Schmerz. Ich vermisste dich. Stundenlang wischte ich auf dem Handy durch die Bilder, die wir von uns gemacht hatten, dann wieder sah ich die Porträts an, die ich von dir gezeichnet hatte, und versuchte mich an einem weiteren, zerstörte es und versuchte es erneut. Ich hörte die traurigsten Schallplatten, die ich besaß.

Auch am Samstagmorgen legte ich eine Platte auf, „Absolutes" von *Barcelona*. Ich hörte die Platten immer von Anfang an, diesmal aber zielte ich auf „Get Up", die Nadel traf die Spur, und dieses Lied, das so genau meine Stimmung wiedergab, füllte den Raum.

Vergiss sie, sagte ich mir. *Vergiss sie.*

Mein Handy gab ein Signal. Mit klopfendem Herzen nahm ich es in die Hand. Du hattest geschrieben: *Wie geht es dir?*

Ich überlegte minutenlang, was ich antworten sollte. Schließlich log ich: *Ist schon okay.*

Du schriebst: *Wollen wir uns treffen?*

Diese vier Worte genügten. Ich war emporgehoben. Ich lebte wieder.

Wir verabredeten uns am Lietzensee. Er wirkte größer als sonst, weil Sträucher und Bäume entlaubt waren. Auf ihren Zweigen saßen kleine Schneehauben. Sperlinge hockten aufgeplustert beieinander.

Du trugst den roten Mantel, den ich so liebe. Dann aber sah ich dir ins Gesicht, und ich begriff, dass nichts stimmte. Du warst nicht mit der Erwartung gekommen, dich mit mir zu versöhnen.

Du hattest die Trennung vor, und diesmal richtig.

Wir vermieden jede Berührung, begrüßten uns nur mit einem leisen „Hallo“ und gingen nebeneinanderher. Ich versuchte, mich innerlich zu wappnen.

Ich wartete darauf, dass du es aussprachst. Aber du sagtest nichts, du gingst mit ernstem Gesicht. Wir schwiegen beide.

„Verrückte Vorstellung“, sagte ich, „dass dort unter dem Eis die Fische schwimmen.“

Du sahst zum See.

„Ich habe mal eine Zeit lang Hechte und Karpfen gezeichnet. Sie haben durch ihr Maul einen ganz eigenen Ausdruck, eine Art Gesicht.“

Du sagtest nichts. Dass es dir so schwerfiel! Gab es dann nicht doch eine Chance für uns? Ich bekam Mitleid mit dir, und in mir war neue Hoffnung erwacht.

Schließlich sagtest du: „Es hat einen großen Krach mit

meinen Eltern gegeben. Sie halten mich für unverantwortlich."

Ich lachte bitter auf. „Da bin wohl eher ich gemeint."

„Natürlich haben sie unrecht, und es geht sie auch überhaupt nichts an." Die Worte sagten das eine, aber deine Miene machte deutlich, dass sie in dir Zweifel gesät hatten.

„Tut mir leid, das mit dem Handy", sagte ich.

„Davon hab ich ihnen nichts erzählt."

„Also stört sie, dass ich Kunst studieren will?"

„Ich finde es übergriffig, das hab ich denen auch gesagt. Meine Mutter ist jetzt eingeschnappt. Mein Vater hat sich bei mir entschuldigt, immerhin. Sie machen sich eben Sorgen, sagt er. Auch wegen des Glaubens. Ich sollte dir das gar nicht erzählen. Es fühlt sich falsch an. Aber ich weiß nicht mehr, was ich denken soll. Meine Freunde finden genauso, dass wir nicht zusammenpassen. Und in die Gemeinde will ich schon gar nicht mehr gehen, wenn der Glaube bedeutet, dass man sich verliebt und dann denjenigen nicht lieben darf. Ich kann das momentan alles nicht gebrauchen. Eigentlich müsste ich mich auf das Studium konzentrieren."

„Und Philipp?"

Du sahst mich an.

„Er versucht es weiter, oder?"

Du nicktest, mit entschuldigend verzogenem Gesicht.

„Weiß er, dass wir uns gerade treffen?"

Wieder ein Volltreffer.

Es machte mich wütend. Mich hattest du vier Tage zappeln lassen, und mit ihm hattest du dich währenddessen ausgetauscht. „Ich kann das nicht", sagte ich, „ich kann nicht an dir reißen wie an einer Puppe. Wenn die anderen das machen, ist das deren Sache. Und wenn du dich von deinem Freundeskreis beraten lassen willst, wen du treffen darfst, tu das. Aber mir kommst du dabei vor, als wärst du gefangen. Und ich bin nicht mal sicher, ob du überhaupt frei sein willst." (Wie ich diese Worte bereue. Hundertmal habe ich mir vorgestellt, was geschehen wäre, wenn ich geduldiger gewesen wäre, dir zugewandter.)

Du sagtest: „Du findest mich und mein Leben furchtbar, ja? Dann passen wir vielleicht wirklich nicht so gut zusammen."

„Sie haben genau das erreicht, was sie wollten."

„Du verstehst das nicht. Das sind Leute, die mir wichtig sind. Die kennen mich schon ein paar Jahre länger als du."

„Doch. Das verstehe ich sehr gut."

Wir brachten die Runde um den See zu Ende. Du wolltest mir, glaube ich, nur die Hand geben. Ich umarmte dich. In deinen Augen standen Tränen. Mit einem letzten Zögern sahen wir uns an. Dann gingen wir in entgegengesetzter Richtung davon. Unter unseren Füßen knirschte das Eis.

Heute

Das Gebäude steht auf dem Grat eines Abhangs. Giosos Apostolidis Refuge. Durch seine schiere Größe macht der Abhang aus dem Haus ein Zwergenhüttchen. Ich wandere den kargen Hang hinauf. Ich kann wirklich nicht mehr. Aber der Anblick der Hütte setzt die letzten Reserven frei.

Noch fünfhundert Meter. Noch hundert. Noch zwanzig.

Mich empfangen zwei Hunde, schäferhundgroße Mischlinge. Wie sind die hier raufgelangt? Klar, jemand lebt in der Hütte und betreut die Bergsteiger. Aber wie hat er seine Hunde hierhergebracht? Mit dem Helikopter? Das könnte sein. Die steilen Abhänge, die ich zu bezwingen hatte, können die Maultiere nicht bewältigen, und irgendwie müssen ja Trinkwasser und Nahrungsmittel hier hinaufgebracht werden.

Ich setze mich, um Atem zu holen.

Seltsam, es kommt niemand. Nach einer Weile stehe ich auf und gehe zur Tür. Sie lässt sich öffnen. Aber das

Gebäude ist leer, die Wolldecken auf den schlichten Doppelstockbetten sind ordentlich gemacht, die Küche ist kalt. Niemand hier. Vielleicht gab es einen Notfall?

Als ich wieder nach draußen trete, stoße ich beinahe mit einem Mann zusammen. Das Haar ist raspelkurz geschoren, und er ist breitschultrig wie ein Holzfäller. Er gibt mir eine Gettofaust. Offenbar der Hüttenwirt.

Ich zeige ihm dein Foto.

Er weist hinüber zum Gipfel und sagt: „Profitis Ilias." Dann ergänzt er: „Beautiful woman."

Ja, und wie!, denke ich. „She left me and broke my heart."

Er sagt: „You go up there. Pray in the chapel, take your time. She'll come back." Er legt mir für einen Moment seine Hand auf die Schulter, dann geht er in das Gebäude.

Ich müsste dringend ausruhen. Aber ich kann nicht warten. Während ich den Hügel hinaufsteige, denke ich daran, dass du hier warst. Es treibt mich weiter. Als könnte ich dich dort oben finden.

Das letzte Stück muss ich klettern, die Hügelkuppe ist steiler, als ich zuerst glaubte. Dann sehe ich sie, eine Kapelle, errichtet aus den Steinen, die hier überall herumliegen. Nicht mal Mörtel hat man verwendet. Man hat sie einfach aufeinandergeschichtet. Ein Mäuerchen aus den gleichen Steinen umgibt sie. Hier hast du für das Foto gestanden, vor dieser Mauer.

Dass es dir auf diesem Flecken Erde gefallen hat, verstehe ich vollkommen. Mein Blick schweift über das Land.

Halb Griechenland kann man sehen. Wenige Wolkenfetzen hängen über mir, dann ist da nur noch der Himmel. Ich bin dem Himmelsblau näher als dem Land. Ein Zittern läuft über meinen Leib. Mir wird bewusst, wie lange ich mich zusammengenommen habe.

Ich wende mich der kleinen Kapelle zu. Welchen Sinn hat es, hier so etwas zu errichten? Wollen die Bergsteiger beten?

Gebückt trete ich durch die kleine Türöffnung. Ich erkenne kaum etwas im dunklen Kapelleninneren. Allmählich gewöhnen sich meine Augen an das schwache Licht. In Kopfhöhe hängen Heiligenbilder mit glänzendem Goldlack an den Wänden, manche sind bloß auf Zettelchen gedruckt, andere haben einen dünnen Holzrahmen. Am Boden stehen heruntergebrannte Kerzen. Jemand muss die hier hochgetragen haben.

So sehr hoffen die Menschen, dass Gott ihnen ein gutes Leben schenkt. Wenn einem dauernd gesagt wird, dass Gott einen liebt, ist das die logische Schlussfolgerung. Man hat das mächtigste Wesen des Universums zum Freund. Da wird dieses Wesen doch ab und an etwas für einen tun können. Wer an Jesus glaubt, hat keinen Autounfall, bleibt gesund und seine Ehe glückt. Beruflicher Erfolg stellt sich ebenfalls ein. So ungefähr stellen sie es sich vor.

Dann stoßen ihnen Sachen zu. Sie beten inbrünstig, vertrauen darauf, dass Gott sie nicht enttäuschen wird, und werden trotzdem krank. Sie scheitern im Beruf, werden vom Partner verlassen, ihr Kind gerät in Schwierigkeiten. Was ist Gottes Liebe wert, wenn sie sich überhaupt nicht zeigt?, fragen sie sich.

Und wenn es gar nicht sein Wunsch ist, uns glücklich zu machen?

Weil es keine Bänke gibt, setze ich mich auf einen Stein, der neben dem Eingang liegt. Es kommt mir vor, als wärst du eben erst hier gewesen, vor fünf Minuten. Dein Duft schwebt noch im Raum.

Ich weiß nicht, wo ich anfangen soll mit der Suche nach der Bedeutung von allem.

Einsamkeit, Verrat, Mord, Missbrauch, Vernachlässigung, Prahlerei, Eifersucht, Gier, Geiz … Überall auf der Welt werden den Menschen Wunden geschlagen. Gleichzeitig werden weder die Guten beschützt, noch geht es den Unmoralischen schlecht. Es gibt Glück ohne Verdienst und Verhängnis ohne Schuld. Gott lässt es einfach so geschehen.

Den Anschlag auf Hitler hat er nicht glücken lassen. Bonhoeffer aber wurde kurz vor Kriegsende noch umgebracht. Das konnte Tante Friedchen nie verstehen.

Er belohnt die Guten nicht. Wahrscheinlich ist das Absicht. Ich habe mal gelesen, dass gutes Verhalten nachlässt, wenn man es bezahlt. Wir Menschen wollen aus freien Stücken moralisch handeln, nicht, weil wir etwas dafür bekommen.

Als man zum Beispiel in Amerika anfing, für Blutspenden Geld zu bezahlen, gingen die freiwilligen Blutspenden zurück. Aus dem Blut war eine Handelsware geworden, es war kein Akt der Güte mehr, sein Blut herzugeben, um andere zu retten. Ärmere gingen Blut spenden und verdienten sich etwas damit. Wer das nicht nötig hatte, fragte sich, ob er mit seiner Blutspende womöglich einem Obdachlosen den Platz wegnahm, und ob es nicht besser war, 50 Dollar zu spenden, damit ein anderer Blut spenden gehen konnte. Oder man ließ es gleich bleiben und überließ die Sache dem Marktgeschehen. Wenn sie zu wenig Blut hatten, mussten sie eben die Entlohnung erhöhen.

Das Geld hatte die Freude am Helfen zerstört. Es gibt Dinge, die ein Belohnungssystem nicht verkraften. Liebe zum Beispiel. Bezahlte Liebe fühlt sich schal an. Freundschaft genauso: Da wird nicht aufgezählt und abgewogen.

Ein direkter Zusammenhang zwischen moralischem Handeln und göttlicher Unterstützung würde alles Gute, das wir tun, auf das Schnäppchen reduzieren, auf den Deal, den wir mit Gott abschließen. Ich helfe meinem gestressten Vater und wasche ihm das Auto. Lässt du mich dafür in der Deutschklausur eine gute Note schreiben? Ich spende Geld für die Kirche und bete so häufig und inbrünstig, dass ich mir damit dein Eingreifen verdiene. Da ist zwar diese Sünde, aber auch so viel Gutes in meinem Leben, das wiegt sich auf, oder nicht?

Vielleicht würde man nicht bewusst so denken, aber unterschwellig wäre es immer dabei. Wir wären wie Kinder, die sich durch Wohlverhalten Süßigkeiten verdienen wollen.

Gekaufte Liebe aber ist nichts wert. Auch ich werde mir deine Liebe nicht kaufen mit meiner Reise und dem, was ich dir zukommen lasse, Lenja, das ist mir klar.

Ich sitze erschöpft in einer winzigen Kapelle auf dem Olymp und weiß: Sollten wir kein Paar mehr werden, weil du mich nicht mehr haben willst, muss ich das respektieren. Trotzdem möchte ich dir wiedergeben, was du durch mich verloren hast.

Du bist religiös musikalisch. Du besitzt die nötige Begabung dafür, glauben zu können. Zumindest hast du es jahrelang gekonnt. Es fiel dir leicht, wie anderen das Singen leichtfällt. Ich bin überzeugt, dass es ein angeborenes Talent dafür gibt, das Größere zu suchen, eine Sensibilität für das, was unsere Sinne übersteigt. Du hast diese Fähigkeit, das Signal von Heiligkeit aufzunehmen und von Gottes Geheimnis. Ich dagegen muss darum ringen.

Wenn es mir trotzdem gelingt, die Schönheit des Glaubens zu finden, und ich sie dir vor Augen führe, wirst du dorthin zurückfinden, da bin ich mir sicher.

Ich trete wieder nach draußen. Sehe hinüber zum Meer, dieser endlosen tiefblauen Weite. Die Sonne verschmilzt mit dem Horizont. Es gibt etwas, das größer ist als wir. Ich spüre es hier in den Bergen, spüre es in meiner Sehnsucht nach Liebe.

Ich hole den Zeichenblock heraus und skizziere die Hütte, die kleine Mauer, den Sonnenuntergang.

Das Problem mit dem Beten habe ich nicht gelöst. Wie kann ich mir einen guten Dienstplan im Supermarkt wünschen oder einen Studienplatz an der Kunsthochschule, während andere verhungern, die genauso ernsthaft beten?

Wenn er „unser Vater im Himmel" ist, dann ist er auch der Vater der Menschen in den Flüchtlingsbooten. Und der Vater der Unberührbaren in Indien. Und der Vater der Slumkinder in Brasilien. Während wir erwarten, dass Gott unser Stoßgebet erhört und uns einen Parkplatz schenkt, ersaufen verzweifelte Familien im Mittelmeer. Flüchtlinge ersticken im Lkw. Kinder verbluten in der Ukraine.

Irgendetwas ist gehörig falsch daran. Wer hier lebt und sich von Gott ein bequemes Leben erbittet und die Traurigkeit der anderen ausblendet, um an einen guten Gott glauben zu können, hat keine Augen im Kopf.

Was tut Gott, um das Gute voranzubringen?

Natürlich könnte er allen Menschen helfen, könnte rund um die Uhr ihre Bedürfnisse stillen und sie versorgen. Stattdessen hat er sich offenbar entschieden, die Menschen selbst in Anspruch zu nehmen. Er lässt sie einander versorgen, trösten, umarmen. Eine furchtbare Idee. Wir kriegen es nicht hin.

Gott sieht es sich an. Jeden Tag. Und erträgt es.

Welche Würde den Menschen damit verliehen wurde! Auch wenn wir es tausendfach vermasseln, auch wenn wir leiden und weinen. Welche Schönheit der Mensch besitzt! Gerade weil er weinen kann. Am ehrlichsten sind die Tränen, wenn wir unsere eigenen Fehler bereuen. Es sind gute Tränen.

Wie viel Zeit wir vergeuden! Dieses Zeitalter ist darin unübertroffen: Zeit totzuschlagen.

Vielleicht tut Gott mehr, als wir meinen, und verschleiert in den meisten Fällen sein Eingreifen. Ein großes, weises Wesen, das mühevoll verbirgt, wie überlegen es uns ist.

Steckt darin nicht auch eine beeindruckende Behutsamkeit? Gott hält den Atem an wie ein Naturforscher, auf dessen Hand ein Schmetterling gelandet ist. Unsere zarten Flügel sind so zerbrechlich.

Ob es ihm wehtut, wenn wir ihn ablehnen? Echte Liebe ist nur möglich, wenn man sich verletzlich macht.

Und selbst wenn wir beten, sind wir meist gar nicht wirklich an Gott interessiert.

Wir wollen nicht wissen, was er denkt. Wir lauschen nicht. Die Gebete sind immer gleich: Lass die Prüfung gelingen, gib mir eine Beförderung, gib mir Geld, beschütze mich, unterstütze mich. Das nennen wir Glauben.

Andererseits, wer führt schon gern lange Gespräche, wenn das Gegenüber nie etwas sagt?

Gott zeigt sich nicht. Er lässt uns im Dunkeln tappen.

Vor einem Monat

Als ich wieder in der Kirchengemeinde auftauchte, sahen deine Freunde mich verwirrt an. Deine Mutter wandte sich ab.

Philipp kam: „Was machst du hier? Hast du nicht genug angerichtet?“

„Ich glaube, dieser Gottesdienst ist öffentlich“, sagte ich und setzte mich hin. Wohl war mir nicht dabei. Ich habe das Gefühl, alle wären gegen mich. Trotzdem bleibe ich.

Während der Predigt zog ich einen Zeichenblock heraus und begann, Details des Gemeinderaums zu zeichnen. Deine Eltern sahen verwirrt zu mir herüber.

Du warst hier aufgewachsen. Deine Wut war berechtigt, aber es würde auch gute Erinnerungen geben. Ich versuchte, den Raum mit deinen Augen zu sehen.

Am Anfang hatte ich versucht, dir den Glauben auszureden. In mir war so viel Frust über diesen Gott vergraben gewesen, der meiner Familie nicht geholfen hatte. Ich fuhr regelrechte Attacken. „Wer hat die Krankheiten erfunden?“, fragte ich dich zum Beispiel.

Du sagtest: „Die Krankheiten zeigen einfach, wie degeneriert diese Welt ist und dass sie Erlösung braucht.“

„Das heißt, Gott hat sie nicht geschaffen?“

„Ich denke nicht.“

„Also hatten die Menschen früher keinen Schnupfen? Keine Lungenentzündung? Keine Blutvergiftung? Dann hätten sie im Mittelalter länger gelebt als wir heute. Aber nein, damals gab's ja die Pest, die hat die halbe Weltbevölkerung dahingerafft. Krebs gab es schon in der Antike. Und sind nicht lauter Leute mit Krankheiten zu Jesus gekommen?“

Du musstest zugeben, dass da was nicht stimmt. Aber auch du konntest punkten. Als ich dich einmal fragte, ob du nicht auch ohne die Kirche leben könntest, war deine Antwort: „Natürlich kann ich das.“ Du dachtest nach. „Aber ich brauche sie als Ort, wo ich über etwas zu staunen lerne. Über etwas, das größer ist als mein kleines Leben.“

„Und Staunen ist der Sinn von allem?“

„Jedenfalls braucht uns Gott für mehr als den Abwasch und das Gießen von Zimmerpflanzen und das Serien-Glotzen. Wir sollen das Größere in den Blick nehmen, uns nicht bloß mit unserem Alltagskram beschäftigen.“

„Überschätzt du uns Menschen da nicht ein bisschen?“

„Im Vergleich zu Gott sind wir wie Hunde, klar. Wir sind so furchtbar doof manchmal, verschlafen Sachen, vergessen unsere Freunde und verdrängen die Not der

Leute, die ein bisschen weiter weg sind. Aber er hält uns für wertvoll genug, seine Gefährten zu sein. Seine Freunde." Als du meinen skeptischen Blick sahst, sagtest du: „Oder meinetwegen seine Haustiere." Und du lachtest.

Ich wollte nicht, dass dir dieser Glaube abhanden kam. Er hat dich schön gemacht.

Vielleicht war es mit dem Gebet auch anders. Was, wenn Gott unsere Gedanken nicht las? Wenn er aus Respekt unser Tagebuch nicht durchstöberte und unsere E-Mails nicht las und unsere Träume nicht kannte? Dann konnten wir uns entscheiden, ihn anzuschweigen. Dann bedeutete das Beten, dass wir uns ihm freiwillig öffneten und eine Beziehung eingingen und sie pflegten. Dann wartete er auf uns. Und freute sich, wenn wir uns meldeten.

Nach dem Gottesdienst nahm ich mir ein Gesangbuch aus dem Leihregal, blätterte darin und riss die passende Seite heraus.

Entsetzt sahen sie aus dem ganzen Gemeindesaal zu mir.

Deine Mutter aber begann zu begreifen. Sie wurde blass. Dann legte sie deinem Vater die Hand auf den Arm und flüsterte ihm unter Tränen etwas zu.

Ich nickte ihnen zu und ging.

Heute

Mitten in der Nacht stehe ich auf und schlüpfe in die Jacke. Die beiden Hunde heben die Köpfe. Ich binde mir die Schuhe zu und schleiche nach draußen. Der Mond scheint hell. Er ist umgeben von einem Meer von Sternen, Abermillionen gleißender Lichtpunkte. Pegasus sehe ich sofort, dann Kassiopeia, darunter Andromeda, und zwischen den beiden die Andromeda-Galaxie – Milliarden Sterne, die uns als Lichtwolke erscheinen. Verrückt, dass ich sie mit bloßem Auge erkennen kann, auch wenn sie zweieinhalb Millionen Lichtjahre entfernt sind.

Sie rasen auf uns zu mit einer Geschwindigkeit von über zweihundertfünfzig Kilometern pro Sekunde. Irgendwann wird die Andromeda-Galaxie mit der Milchstraße kollidieren. Aber das wird sanft vonstattengehen. Zwischen den einzelnen Sternen sind mehrere Lichtjahre Platz, da passen leicht noch einige Sterne dazwischen. Wahrscheinlich vereinigen sich die beiden Galaxien dann zu einer einzigen.

Die Andromeda-Galaxie ähnelt unserer Milchstraße, sie hat einen ähnlichen Aufbau: Spiralarme, die sich um ein Zentrum bewegen, das dicht mit Sternen und Staub vollgepackt ist.

Und das sind nur zwei Galaxien von Abertausenden! Schwer vorstellbar, dass es nirgendwo dort draußen intelligentes Leben geben soll. Vielleicht guckt gerade jemand auf einem anderen Planeten zum Sternenhimmel und sieht unsere Sonne als winzigen Lichtpunkt, oder zumindest die Milchstraße, und denkt dasselbe.

Du hast meine Offenheit für Science-Fiction einmal als meine Achillesferse bezeichnet. „Wenn du Außerirdische für möglich hältst, warum fällt es dir dann so schwer, an Gott zu glauben?"

Das konnte ich dir nicht beantworten.

„Genau das ist er nämlich", sagtest du, „ein Außerirdischer. Ein Wesen, das über unserer Welt steht."

Heute, in dieser Nacht, fällt mir ein, was ich dir hätte antworten sollen. Wenn Gott ein Außerirdischer ist, warum behandelt ihn dann niemand so? Im Christentum wird er dargestellt wie ein lieber Papa von nebenan. Einen Außerirdischen würde man mit Respekt und Vorsicht behandeln.

Ich sehe so lange in den Sternenhimmel, bis mir schwindelig wird. Hier oben in den Bergen ist die Nacht nicht etwas, was man schnell herumzubringen hat, um zügig den nächsten Tag zu beginnen. Sie ist groß und bedeutend, hat ihr eigenes Gewicht. Es ist, als würde ich die Sterne zum ersten Mal sehen.

Ich warte, bis sich der Schwindel legt, und mache vorsichtige Schritte auf den Berghang zu. Wäre es verrückt, jetzt zur Kapelle hinaufzusteigen? Ich versuche es. Bald muss ich auf allen vieren klettern. Ich sehe die Felsbrocken schlecht, muss nach Halt tasten.

Nein, das ist Unsinn. Und viel zu gefährlich. Ich mache kehrt. In einer Mischung aus Ertasten und Erspähen schaffe ich den Weg zurück zur Bergsteigerhütte.

Als ich die Hütte betrete, heben die Hunde wieder die Köpfe. Ich bin stolz darauf, dass sie mich schon erkennen und als legitimen Bewohner betrachten.

Ich schlüpfe unter meine zwei Decken. Es dauert, bis sie beginnen, mich zu wärmen. Mein Gesicht bleibt kalt. Trotzdem schlafe ich ein.

❄❄❄

Die Hunde wecken mich kurz vor Sonnenaufgang. Ich putze mir die Zähne und ziehe mich an. Der Wirt hat den Hunden Wasser in ihre Näpfe gefüllt, sie trinken gierig. Ich packe meine Sachen, dann trete ich hinaus. Solche Windböen kann es nur auf den Berggipfeln geben: Ungehindert bläst der Wind, er spielt nicht, er macht Ernst, und ich liebe ihn dafür.

Das Gebirge verändert mich. Die Weite gibt den Augen

Ruhe. Ich gehe ein paar Schritte. Aus sicherer Distanz, vom benachbarten Berg aus, beobachten Gämsen mein Treiben.

Ich bücke mich und schnüre mir die Schuhe etwas straffer zu. Der Anblick der schroffen Bergflanken schüchtert mich ein. Deutlich kann ich den Weg sehen, den ich für den Abstieg von der Berghütte gehen muss, ein feiner heller Faden entlang der Felswand des Stefani. Ich weiß, er ist kaum zwei Hände breit und es geht steil hinunter – ein falscher Tritt und es reißt mich in die Tiefe.

Ich habe Respekt vor der Herausforderung. Angespannt verabschiede ich mich von dem breitschultrigen Hüttenwirt und den Hunden und laufe los. Sorgfältig setze ich die Schritte. Oft raste ich, nicht nur, um Kräfte zu sparen, sondern auch, weil der Ausblick so unglaublich ist.

Auf zweitausendeinhundert Metern Höhe erreiche ich schließlich Spilios Agapitos, die Berghütte des Griechischen Alpinen Vereins, und die Wirtin erkennt mich sofort. Sie sagt, das Hotel habe schon angerufen und besorgt nach mir gefragt.

Hier hat man also eine Telefonverbindung. Ich kann mich darüber nicht freuen. Es war gut, außerhalb der zivilisierten Welt zu sein.

Als ich nach weiteren Stunden des Abstiegs zum alten Sägewerk in Prionia gelange, rufe ich Nikos an. Hier ist es so warm, dass ich die Jacke ausziehe. Es gibt eine

Wasserpumpe, die ich betätige, um mir die Füße zu waschen. Ich habe mir Blasen gelaufen, und ich bin stolz darauf.

Während ich auf Nikos warte, setze ich mich und zeichne die Nacht mit den Abertausenden Sternen. Und ich zeichne eine Kerze in der kleinen Kapelle, die einsam brennt.

Nikos hält direkt vor mir. Ins Taxi zu steigen, ist mir ungewohnt geworden. Ich werde auf gepolstertem Sitz zum Hotel gefahren, vor Wind und Wetter geschützt. Es fühlt sich falsch an. Ich bin ein Wilder geworden, nach nur einer Nacht gehöre ich hinauf auf das Bergplateau.

Im Hotel entschuldige ich mich, dass ich keine Nachricht geben konnte. Der Angestellte fragt: „Did you like it up there?"

„Yes, I did."

„Then you must come again."

Die durchgeschwitzten Sachen hänge ich zum Trocknen auf den kleinen Balkon meines Zimmers. Ich werde sie morgen ungewaschen in den Koffer packen. Du hättest an Tüten gedacht, um die Schmutzwäsche von der sauberen Wäsche zu trennen.

❄ ❄ ❄

Im Buswarteraum sind an einer großen schwarzen Tafel mit Kreide die Abfahrtzeiten angeschrieben. Ein krakeliges Kreidesternchen zeigt an, dass der Bus direkt nach Thessaloniki fährt. Fehlt das Sternchen, heißt das, man muss in Katerini umsteigen.

Ich kaufe die Fahrkarten am Schalter. Schön, dass es hier noch keine Automaten gibt. Die junge Verkäuferin beantwortet zwei Touristen ihre Fragen. Sie wollen zum Meer, obwohl es keine Buslinie dorthin gibt. Die Verkäuferin verspricht, sie werde gleich mit dem Busfahrer reden, dass er sie an der passenden Kreuzung rauslassen solle.

Auf dem Fahrschein, den ich gekauft habe, steht, dass ich Platz 5 habe. Setzen sich die Leute im Bus wirklich auf die zugewiesenen Plätze?

Eine große, viereckige Uhr mit Holzrahmen hängt an der Wand, der Minutenzeiger streicht behäbig vorwärts. Einheimische kommen, sie kaufen kein Ticket, sondern geben bei der Frau am Schalter Pakete ab, simple Bündel, mit zwei Streifen braunem Klebeband verschlossen.

Ich stelle mir vor, dass wir einmal gemeinsam hierherfahren, du und ich. Dass wir die Restaurants erkunden, beim Bäcker den Blechkuchen ausprobieren, uns einen Wecker beim Uhrmacher kaufen. Tagelang durchwandern wir die Ausläufer des Olympgebirges. Bei einer Rast zeichne ich dich, und du sagst: „Du musst mal wieder Vögel malen."

„Den schönsten Vogel zeichne ich gerade", würde ich antworten, und du würdest lachen und behaupten, meine Kunst trete auf der Stelle, wenn ich nur dich zeichnete.

Aber ich hätte endlich Lust, all die Stile auszuprobieren, die für eine Bewerbungsmappe nötig sind. Ich würde dich in Öl malen, als Stempel schnitzen, dein Gesicht abstrakt malen, kubistisch, zerfließend, dein Gesicht wäre mir nie langweilig.

Zwanzig bis dreißig künstlerische Arbeiten muss die Mappe für die Kunsthochschule enthalten. Sie sollen eine intensive Auseinandersetzung mit mehreren Themenfeldern zeigen und die eigenen Interessen und Fähigkeiten widerspiegeln. Und sie sollen deutlich machen, dass ich eine gute Beobachtungsgabe habe, und Originalität soll ebenfalls sichtbar werden.

Die Zulassungskommission entscheidet aufgrund der eingereichten künstlerischen Arbeiten über die Zulassung zur Zugangsprüfung. Ich bin letztes Jahr nicht eingeladen worden. Aber wenn ich dich malen darf, dich zeichnen und stempeln und drucken darf, werde ich es schaffen. Ich adressiere die Mappe an die Universität der Künste Berlin, Studiengang Bildende Kunst. Und wenn ich eingeladen werde, erzähle ich im Reflexionsschreiben von dir und absolviere die künstlerisch-praktische Prüfungsaufgabe und das Gespräch mit der Kommission mit Glut im Blick.

Weißt du noch? Einmal haben wir geredet, als es draußen schon dunkel geworden war, wir saßen im Wohnzimmer und schalteten kein Licht ein. Nur durch die halb offene Tür fiel etwas Licht vom Flur. Wir redeten über Bücher. Dann über die Bibliothek, in der wir uns kennengelernt haben damals. Wir sprachen davon, was uns wichtig ist, wovon wir träumen im Leben. Und plötzlich sagtest du: „Es gefällt mir, dich in diesem Licht zu sehen", und du lächeltest mich an. Da wusste ich, du liebst mich, in diesem Moment liebst du mich.

Der Bus kommt und reißt mich aus meinen Gedanken. Schwungvoll legt der Fahrer meinen Koffer in das Gepäckfach im Bauch des Fahrzeugs. Die Pakete der Einheimischen schiebt er daneben. Wir steigen ein und ich setze mich auf Platz 5. Der Bus ist fast leer.

Wir verlassen Litochoro. Ich sehe hinauf zu den Gipfeln des Olymps. Die Berge werfen mich zurück auf mich selbst, vor ihrer Urgewalt wird mir klar, wie klein ich bin. Die Weite hat mein Innerstes an die Oberfläche geweht. Ich fühle mich wach.

Gibt es diesen Erschaffer tatsächlich, einen Schöpfer, für den wir immer kostbar sind, egal, ob wir schwerkrank daliegen oder arbeitsfähig sind, ob wir gerade hässlich aussehen oder hübsch? Es wäre gut, wenn er mich sieht mit dem Mut im Herzen, den ich gerade verspüre, und den Rest dazuschenkt, der vielleicht noch fehlt.

Gibt es dich, Gott?

Dieses Gebet verschicke ich wie eine Postkarte, die mit extra-großer Schrift den Platz vollmogelt: Mir geht es gut. Wie geht es dir?

Ich rede in Gedanken vorsichtig weiter, während ich aus dem Fenster auf die Berge blicke.

Es heißt, du hörst sogar die Gedanken im Kopf. Und du beobachtest alles. Wie geht's dir, was tust du gerade? Kommt bald die nächste Audienz, triffst du Engel? Außerirdische?

Ich stelle mir vor, wie Gott aufblickt und lächelt. „Nein", sagt er. „Ich sehe dich."

Zweiter Teil

Der Brief

Philipp

„Mach du an deiner Seminararbeit weiter. Ich koche dir was.“ Philipp ging in die Küche. Die anderen Mädels aus Lenjas WG waren ausgeflogen, vielleicht, damit sie hier ungestört waren. Er nahm sich vor, ihnen zum Dank etwas mitzubringen, Blumen, das machte gleichzeitig Lenja eifersüchtig.

Der Kühlschrank war gut gefüllt, die Küche sehr sauber. Eine richtige Mädchenwohnung war das, mit farbigen Kissen auf dem Sofa und Fotos an den Wänden. In Lenjas Zimmer hingen sogar noch Weihnachtsdekoration vom letzten Jahr und eine Lichterkette. Verrückt.

Er schlug Eier in die Pfanne und summte vor sich hin. Noch war Lenja ihm gegenüber reserviert, einen einzigen Kuss hatte er ihr bisher gestohlen. Aber wenn sie nachher die Lichterkette anschalteten und eine Playlist mit kuschliger Musik dazu starteten, ergab sich vielleicht mehr. Lenja musste sich doch auch mal erholen vom Mathestudium. Früher waren sie viel weiter gewesen. Es gab keinen Grund, sich jetzt so zurückzuhalten.

Sollte er den Tisch decken? Eindrucksvoller war es, wenn er ihr das Rührei an den Schreibtisch brachte, dann sah sie, dass er es extra für sie gemacht hatte. Er steckte zwei Scheiben Weißbrot in den Toaster und drückte den Hebel runter. Eine weitere Scheibe schob er sich in den Mund. Ihm knurrte ordentlich der Magen.

Vielleicht hatten sie Schnittlauch hier? Er fand einen Topf auf dem Fensterbrett, säbelte einige Halme ab und schnitt sie auf dem Brettchen klein. Dann schob er das Rührei aus der Pfanne auf einen Teller, salzte es, streute den Schnittlauch darüber und legte eine Gabel dazu und die getoasteten Brotscheiben. Er trug alles zu Lenja.

„Hier, Süße", sagte er und stellte es ihr hin.

Sie sah ihn dankbar an. Er liebte es, wenn sie so lächelte.

„Und was isst du?", fragte sie.

Am liebsten wäre er über ihren Teller hergefallen. „Ach, ich brauch gerade nichts. Vielleicht esse ich nachher einen Apfel."

In Lenjas Augen leuchtete Bewunderung auf. „Du hast das nur für mich gekocht. Wirklich lieb von dir."

Er setzte sich aufs Bett. „Lass es dir schmecken." Er hoffte, sie würde ihm etwas übrig lassen, Frauen ließen oft Essen auf dem Teller zurück, damit sie das Gefühl hatten, etwas für ihre Figur getan zu haben.

Lenja aß restlos auf. Dann stellte sie den Teller weg.

Sie musterte ihn nachdenklich.

Er klopfte neben sich auf das Bett.

Sie kam herüber, lehnte sich an ihn. Dann hob sie plötzlich den Kopf, sah ihn an. „Nach der Trennung, diese …"

„Lucia", sagte er und winkte ab. „Das war nichts."

„Habt ihr euch geküsst?"

„Klar."

Sie wich etwas zurück. „Aber es war nichts?", fragte sie kühl.

„Ich brauchte Trost."

„Ach, weil du mich verlassen hattest? *Du* brauchtest Trost?"

„Du verstehst das falsch. Es ist … So war es nicht."

Lenja starrte vor sich hin. Sie war plötzlich blass geworden.

„Komm schon. Das ist Geschichte, das hat doch keine Bedeutung mehr." Ein Ausflug wäre gut, vielleicht kriegte er sie ins Kino oder zum Tanzen. Danach würde sie gelöster sein. Wenn nur erst die blöde Seminararbeit geschafft war.

Sie war anders als früher. Auch wenn ihre Beziehung bloß Monate her war. Das Leichtfüßige fehlte ihr. Lenja war dunkler gestimmt und seltsam instabil. Hatte es damit zu tun, dass sie nicht mehr zur Gemeinde ging?

Das Thema war kritisch. Am besten tastete er sich von der Seite heran. „Machst du dir Sorgen wegen deiner Eltern?"

„Wie meinst du das?"

„Na ja, ob sie es blöd finden mit der Gemeinde und so …"

Sie kniff die Augen zusammen. „Haben sie dich geschickt? Sollst du mich ausfragen?"

Er lachte. „Quatsch!"

„Was ich glaube und was nicht, geht niemanden etwas an außer mir selbst."

„Ist doch klar. Ich war nur … Dir soll es gut gehen, das ist alles." Er stand auf und nahm den Teller. „Ich bring das mal in die Küche."

„Entschuldige. Philipp, so war das nicht gemeint."

Er drehte sich in der Tür um. „Bringe mal deine Arbeit voran. Ich wasche rasch ab." Zu früh sollte er nicht einlenken. Ein Hauch von schlechtem Gewissen schadete nicht.

Er suchte nach Geschirrtüchern. Draußen im Treppenhaus kam jemand hochgelaufen, man hörte die Schritte, langsame Schritte, sicher ein älterer Mensch.

In Lenjas Zimmer setzte Musik ein. Sie hörte etwas Trauriges, Langsames, wie um ihn zu rufen.

Die Briefklappe in der Tür quietschte.

Er trat in den Flur und sah, wie ein dicker brauner Umschlag hindurchgeschoben wurde und auf dem Boden landete. Er bückte sich danach. Der Name „Lenja" war in künstlerisch ausbalancierten Buchstaben darauf geschrieben. Außerdem war die Ecke mit der Zeichnung eines kleinen Vogels verziert. Stefan kam ihm schon wieder in die Quere!

Der Umschlag wog schwer. Er nahm ihn mit in die Küche. Was war darin? Zeichnungen, Briefe, Liebesschwüre?

Natürlich mochten die Frauen das Abenteuer. Er selbst stürzte sich ja auch gern in Schwierigkeiten. Sie sahen anfangs immer reizvoll aus, bis sie sich als genauso kompliziert entpuppten wie die Beziehung, die man gerade führte.

„Ist Post gekommen?", rief Lenja aus ihrem Zimmer.

Nur Werbung, wollte er sagen. Oder sollte er rufen: Die haben diese Verteilzeitung gebracht? Aber das war unlogisch, die Verteiler liefen nicht die Treppen hoch, die schmissen die Zeitung unten ins Treppenhaus. „Nein", log er, „nichts."

„Aber ich hab doch den Schlitz klappern gehört."

Er rief: „Den Schlitz habe ich auch gehört. Das waren Kinder, glaube ich. Jemand hat draußen gekichert. Ist keine Post da."

Wohin mit dem Brief? Sie konnte jeden Moment aus ihrem Zimmer kommen. Er nahm einen Küchenstuhl, stellte ihn vor den Hängeschrank, stieg hoch und legte den Brief oben auf den Schrank. Da guckte nie jemand hin, so verstaubt, wie die Fläche war.

Er würde beim nächsten Besuch seinen Rucksack mitbringen und den Brief einstecken.

Die traurige Musik, die aus Lenjas Zimmer drang, machte ihn aggressiv. *Mädel, reiß dich zusammen*, dachte er. Sie konnte von Glück reden, dass er ihr half, sich nicht wieder von Stefan aus der Spur bringen zu lassen.

Lenja

Die Leute, die ihnen auf ihrem Spaziergang entgegenkamen, sahen sie lächelnd an. Ein junges Paar, Hand in Hand, das weckte bei den Alten Erinnerungen. Philipp war deutlich größer als sie, ein Beschützer und seine süße Freundin, so gefiel das den Leuten. Sie sah ihren Blick weich werden.

Etwas an Philipp war ihr unbegreiflich, und sie wusste, diese Distanz würde bleiben. Vielleicht war das gut, eine gewisse Fremdheit erhielt die Spannung. Und sie liebte sein aggressives Selbstvertrauen. Er strahlte Souveränität aus. Stefan war da ganz anders gewesen. So still. So zurückhaltend. Manchmal fragte sie sich, ob er sie wirklich geliebt hatte. Oder hatte er sich einfach von ihr mitreißen lassen? Philipp warb engagierter um sie. Sie wusste auch gar nicht, ob sie einen Stillen wie Stefan haben wollte, ob das Leben nicht langweilig geworden wäre mit ihm.

Sie tastete in der Jackentasche nach dem Stein, den ihr Stefan geschenkt hatte. Glatt war er und rund, ein wunderbarer Stein. Schon wieder versuchte Philipp, den Arm um sie zu legen. Diesmal ließ sie es geschehen und hielt heimlich Stefans Stein in der Hand. Den hätte sie längst wegwerfen müssen.

Ihre Eltern hatten sich unverblümt für Philipp ausgesprochen, obwohl sie sich sonst nie in ihre Privatsphäre einmischten. Von Stefan hatten sie ihr abgeraten. „Ihr kommt aus zwei verschiedenen Welten", hatte die Mutter gesagt. „Ihr sprecht doch gar nicht die gleiche Sprache. Stefan ist ein Lieber, aber ihr passt nicht zusammen, Lenja, und das weißt du auch."

Sie hatte es als eine Frechheit bezeichnet. Aber es wirkte in ihr nach, immer noch. Die Eltern kannten sie seit ihrer Geburt und hatten jahrelang gewusst, was für sie gut war. Vielleicht erkannten sie etwas, das sie selbst in ihrer Verliebtheit übersah?

Wenn Philipp und sie sich küssten, spürte sie wenig. Die Gefühle würden schon wiederkommen, früher hatte sie ihn ja geliebt. Es lag nur daran, dass sie so durcheinander war.

Andererseits sollte man sich freuen, wenn der Freund zu Besuch kam. Und sie freute sich nicht. Philipp war gestern schon stundenlang da gewesen. Er hatte ihr Rührei gemacht und sie umsorgt, wirklich süß. Aber lieber hätte sie in Ruhe ihre Arbeit geschrieben. Und jetzt war er schon wieder da, er hatte sogar zwei Brettspiele im Rucksack mitgeschleppt, die er mit ihr und den WG-Mitbewohnerinnen spielen wollte. Sie hatte gesagt, ihr sei mehr nach einem Spaziergang.

Auf alles ging er ein. Er war aufmerksamer geworden. Früher hatten sie immer gemacht, was er wollte, seine Filme gesehen, seine Musik gehört, seine Freunde getroffen. Sie sah, dass er sich veränderte. Er verdiente eine Chance, ihr Herz zurückzuerobern.

Sie hatten die Runde um den Block fast beendet und näherten sich ihrem Haus. „Also gut", sagte sie, „wenn du unbedingt willst, spielen wir jetzt Space Base. Ich weiß bloß nicht, ob Marielle und Hannah da mitmachen wollen. Geht das auch zu zw–"

Sie erstarrte. Vor ihrer Haustür, auf dem runden Eckstein, saß Stefan.

Jetzt sah Stefan sie auch. Er erhob sich wie in Zeitlupe, blickte von ihr zu Philipp und wieder zurück.

Ihr blieb das Herz stehen. Sie konnte sich nicht rühren.

Philipp trat auf ihn zu. „Hey, Stefan."

Aber Stefan, mit Erschütterung im Gesicht, wandte sich ab. Er ging.

„Lass ihn." Sie gab Philipp den Schlüssel. „Schließ schon mal auf." Während er aufschloss, stand sie da und sah Stefan nach. Er hatte sie offenbar die ganze Zeit nicht aufgegeben. Jetzt hatte sie seiner Liebe den Todesstoß versetzt.

„Der kriegt sich schon wieder ein", sagte Philipp zur Tür hin.

Machte sie den Fehler ihres Lebens? Sie wollte Stefan

nachlaufen, ihn aufhalten. Aber was sollte sie ihm sagen? Er hatte sie im Arm von Philipp gesehen.

Sie ging hinter Philipp her nach oben, betrat mit ihm die Wohnung. „Ich weiß nicht“, sagte sie, „ob ich jetzt noch in der Stimmung für Brettspiele bin.“

Er sah sie entgeistert an. „Was soll das? Trauerst du ihm nach oder was?“

Sie schwieg.

„Im Ernst, das ist doch Scheiße! Ich kümmere mich um dich, ich bin für dich da bei deinen Prüfungen. Lenja hier, Lenja dort, ich mache alles! Und er? Taucht hier kurz auf und du fliegst auf ihn. Wach auf, Lenja!“ Er schnipste vor ihrem Gesicht herum. „Der Kerl ist Künstler. Guck ihn dir an. Das ist eine Mitleidsnummer. Das macht der aus Berechnung. Nichts zu sagen und davonzutrotten wie ein verprügelter Hund – er weiß genau, dass das bei euch Frauen zieht. Du willst ihn trösten. Du willst nachgeben. Aber er ist eine Lusche, sag ich dir. Was wird aus dem? Er wird dir auf der Tasche liegen! Denkst du, der lädt dich ins Kino ein oder zum Essen? Ich würde das machen. Aber bei dem musst immer du bezahlen. Was verdient er denn bei seinem Kassiererjob? Mindestlohn! Da sitzen nur die, die es sonst zu nichts gebracht haben. So einem trauerst du nach. Du bist echt bescheuert.“

„Geh jetzt, bitte.“

„Mich schickst du weg? In einer halben Stunde tut es dir leid, das sag ich dir. Komm dann nicht angekleckert.“

„Ich meine es ernst. Gib mir den Schlüssel und geh."

Er wurde still. „Komm schon, Süße. Jetzt krieg dich wieder ein. Du machst dir was vor. Du kennst ihn nicht wirklich. Mich kennst du, alle meine Schwächen. Das ist ein Nachteil, ich bin dir vielleicht langweilig geworden, und er erscheint noch so spannend. Aber auch bei ihm wirst du Schwächen finden. Und dann merkst du, dass du dir nur ein Traumbild von ihm gemacht hast. Was weißt du denn über ihn? So verschlossen, wie er ist, könnte er Massenmörder sein, und du wüsstest es nicht."

„Hör auf mit dem Unsinn, Philipp."

„Und was ist mit uns? Ist es dir egal, dass mich das verletzt?"

Sie sah ihn an. „Ja, es ist mir egal. Und das gibt mir zu denken. Ich fühle erstaunlich wenig dabei."

Seine Augen wurden groß. „Wie bitte?"

„Ich mache Schluss."

Er lachte und verzog dabei gekränkt das Gesicht. „Das ist nicht dein Ernst."

Sie hielt die offene Hand hin. „Den Schlüssel. Gib ihn mir."

Er gab ihn nicht her. Schlimmer noch, er steckte ihn in seine Tasche. „Denkst du etwa, sie werden zu dir halten? Du brauchst dich bei Alex nicht mehr blicken zu lassen, wenn du so einen Scheiß abziehst."

„Dann ist es eben so." Immer noch hielt sie ihm die offene Hand hin.

Er sah zu seinem Rucksack runter. „Ich geh noch rasch bei dir auf die Toilette."

„Nein. Gib mir den Schlüssel und hau ab."

„Jetzt reicht's aber mal!" Er grub den Schlüsselbund aus seiner Tasche und drückte ihn ihr mit Wucht in die Hand, so kräftig, dass es schmerzte. Statt den Schlüsselbund loszulassen, presste er das Metall in ihr Fleisch und sah sie dabei in kaltem Zorn an.

Es schmerzte, aber sie hielt seinen Blick stand. „Hau ab."

Er ließ los. Wutschnaubend nahm er seinen Rucksack hoch und stampfte die Treppe hinunter.

Als sie die Wohnung betrat, schmerzte ihre Hand. Sie war auf grimmige Weise dankbar dafür. Es machte ihr die Sache leichter.

Dann saß sie in ihrem Zimmer auf dem Bett. Die letzte halbe Stunde hatte das Gewicht eines ganzen Jahres auf ihre Seele gelegt, so kam es ihr vor.

Um vier kam Marielle nach Hause, Lenja hörte es an der Art, wie sie ihre Tasche auf das Schränkchen im Flur warf, Hannah machte das nie.

Kurz darauf klopfte es.

Lenja seufzte. „Was denn?"

Marielle streckte den Kopf herein. „Mein Praktikum ist –" Sie stockte. „Du siehst ja furchtbar aus!"

„Nicht dein Ernst."

Marielle trat ins Zimmer. Behutsam fragte sie: „Hat er dich verlassen?"

„Schlimmer. Ich habe ihn enttäuscht und verletzt und ihn auf alle Ewigkeit verloren."

„Du Arme. Soll ich ehrlich zu dir sein? Ich finde es um Philipp nicht so schade."

„Ihn meine ich auch gar nicht. Ich rede von Stefan."

Marielle stutzte. Sie setzte sich zu ihr aufs Bett und legte ihr die Hand auf den Arm. „Erzählst du's mir?"

Sie tat es, und wartete auf die Erleichterung, die immer eintrat, wenn man etwas Erlittenes teilte. Aber sie kam nicht. Lenja fühlte sich anschließend immer noch wie innerlich verknotet.

„Könnte es sein", sagte Marielle, „dass du das unbewusst herbeigeführt hast, damit Stefan den Abschied schafft und damit du selbst nicht mehr zurückkannst?"

War das möglich? Sie dachte nach.

„Du hast mal gesagt, dass Stefan sich nicht um dich bemüht hat. Das darfst du jetzt nicht einfach vergessen."

„So war es nicht. Er hat sich doch bemüht. Er hat nur nicht –"

„Um dich gekämpft?"

Lenja biss sich auf die Lippe. „Du hättest sein Gesicht sehen sollen."

„Das können sie gut, den Hundeblick."

Sie nahm Marielle das Wort übel. Sie hatte kein Recht, so etwas zu sagen.

Marielle las es ihr vom Gesicht ab. „Entschuldige." Sie fragte: „Willst du zu ihm hingehen?"

„Das hat keinen Sinn. Ich habe ihm die Liebe für immer ausgetrieben. Ich hab ihn verdorben, für alle Frauen, verstehst du? Er wird nie wieder jemandem trauen."

Marielle drückte sie fest. „Ach, du. So schlimm kann es gar nicht sein."

Es war so schlimm. Sie wusste es.

Lenja

Um sich zu beruhigen, saß sie bis in den späten Abend am Schreibtisch und löste Matrizen und Gleichungen. Niemand konnte verstehen, wie gut es tat, ein Blatt Papier zu füllen und den Kopf dabei freizubekommen. Stefan vielleicht, der so gern zeichnete. Er hätte es verstanden.

Am nächsten Abend rechnete sie Wahrscheinlichkeiten durch. So ging es weiter, auch in der darauffolgenden Woche. Manchmal folgte sie bis Mitternacht Summenformeln. Wenn die Trauer sie zu überwältigen drohte, floh sie in die Mathematik.

Aber das Leben spielte sich nicht auf einem karierten Blatt Papier ab. Sie musste die schuldbewussten Blicke ihrer Eltern ertragen. Sie musste einkaufen gehen und sich etwas zu essen kochen, auch wenn Marielle und Hannah ihr anboten, das für sie zu übernehmen. Es war absurd, sie war nicht krank, sie war nur innerlich wund und orientierungslos.

Sie wurde ärgerlich auf Stefan. Es begann kaum

merklich, winzige Fasern von Trotz mischten sich in ihre Traurigkeit. Wie die Frage, ob er nicht eine Mitschuld an der Misere trug. *Er* war es gewesen, der ihre Handynachrichten gelesen hatte. Statt es wiedergutzumachen, hatte er ihr Vorwürfe gemacht, sie lasse sich zu sehr von ihrem Freundeskreis beeinflussen. Überhaupt hatte sie von Anfang an das Gefühl gehabt, er hätte sie gern anders gehabt. Nicht bloß der Freundeskreis war ihm ein Dorn im Auge, der Glaube war es genauso. War es da ein Wunder, dass sie sich zerrissen fühlte zwischen dem Wunsch, in der Kirchengemeinde zu bleiben, und dem Wunsch, Stefan zu gefallen?

„Ich kann nicht an dir reißen wie an einer Puppe", hatte er gesagt, und hatte es doch getan, indirekt. Bis es schwierig geworden war in ihrer Beziehung und er hinwarf. Er hatte nicht um sie gekämpft. Abgehauen war er. „Ich brauche keinen, der abhaut", sagte sie halblaut. Er hatte nicht an ihr reißen wollen und war deshalb gegangen. Tja, die Puppe einfach im Regal stehen zu lassen, tat es eben auch nicht.

Vielleicht hatte Philipp in dem Punkt recht. Stefan war eine Lusche.

Auch mit dem zweiten Punkt hatte Philipp ins Schwarze getroffen. Sosehr sie Stefans Kunst bewunderte, so sehr fürchtete sie auch, er könnte ein Hasardeur sein wie ihr Vater. Einer, der nicht mit Geld umgehen konnte. Wenn sie etwas von klein auf gewusst hatte, dann, dass sie Sicherheit brauchte.

Womöglich hatte auch Marielle recht damit, dass sie Stefan unbewusst fortgestoßen hatte. Sie verkraftete keinen, der ihr Leben ins Chaos stürzte. Sie hatte das zur Genüge erlebt: die panische Suche nach Bargeld, weil das Konto leer war und die Karte an der Kasse nicht mehr funktionierte; das Bitten bei den Nachbarn um ein wenig Mehl oder Eier oder Nudeln; die Peinlichkeit, dass in der Schule gesammelt werden musste, damit sie an der Klassenfahrt teilnehmen konnte. Und gleichzeitig Vaters Versuch, etwas herzumachen, zu blenden, zu beeindrucken, indem er sich einen teuren Wagen kaufte und ihn spazieren fuhr, oder indem er die Familie, nachdem das Gehalt eingetroffen war, groß zum Essen ausführte – eine Mahlzeit, die sie nur schwer herunterbrachte in dem Wissen, dass es kurz darauf wieder knapp aussehen würde bei ihnen.

Ja, Stefan war reizvoll. Er war interessant. Aber für sie, Lenja, war es klug, sich mit einem Mann aus der zweite Reihe zusammenzutun, der Frieden in ihr Leben brachte.

Sie nahm die Lichterkette ab und brachte sie in den Keller. Dann holte sie Stefans Stein aus ihrer Jackentasche. Mit Bedauern warf sie ihn in den Müll. Nichtsdestotrotz war es jetzt das Richtige: aufzuräumen. Vergangenes als Vergangenes zu akzeptieren. Sie nahm ihr Handy und rief seinen Kontakt auf, um ihn zu löschen. Zögerte.

Was, wenn sie ihm einfach eine Nachricht schickte? Wenn sie ihn fragte, ob er ihr verzeihen konnte? Aber er würde sich ewig als zweite Wahl fühlen. Was er gesehen hatte, hatte er gesehen. Das Vertrauen war zerrüttet. Und hatte sie das nicht bewusst aus ihm gemacht: zweite Wahl? Sie durfte ihre Kritikpunkte nicht vergessen. Es passte einfach nicht. Die Erinnerung vergoldete ihn, aber das war nicht realistisch.

Sie löschte Stefans Nummer.

Bang forschte sie in sich nach und fand Reue. Aber die würde sich noch auflösen. Es war richtig gewesen.

Den Oktober über ging es ihr besser. Im November dachte sie wieder oft an Stefan. Als Vogelschwärme über den Himmel wehten, fuhr sie stur weiterhin mit dem Fahrrad in die Uni. Sie wollte sich ihre Kraft beweisen. Der Wind trug kleine, kalte Regentropfen mit sich. Sie trat in die Pedale. Bei allem, was sie sah, fragte sie sich, wie Stefan es zeichnen würde. Krähen zankten in den nackten Baumkronen. Ihr Krächzen klang weit durch die Straße. Sie fragte sich, ob Stefan der Herbst gefiel, und sie dachte, dass sie etwas Großartiges verdorben hatte.

Hannah und Marielle waren gekränkt. Sie hatte eine Ewigkeit nichts mehr mitgemacht, hatte sich in ihr Schneckenhaus zurückgezogen und war wortkarg und unleidlich gewesen. Am Freitagabend stand sie auf und verließ ihr Zimmer. Hannahs Tür war nur angelehnt, wechselndes bläuliches Licht zuckte dahinter, man hörte die Stimmen einer Sitcom. War ihr Freund zu Besuch?

Sie klopfte zaghaft.

Hannah bat sie herein.

Nein, nicht ihr Freund war da, sondern Hannah und Marielle saßen auf dem Sofa und guckten zur Wand, wohin der Beamer, den Hannahs Freund ihr zu Weihnachten geschenkt hatte, das Fernsehbild warf.

„Habt ihr Hunger?", fragte sie.

Marielle wandte sich mühsam vom Film ab: „Willst du was bestellen?" Gleich wanderten ihre Blicke wieder zur Wand.

„Ich würde Eierkuchen machen. Hatte gerade so eine Kindheitserinnerung."

Jetzt sah auch Hannah herüber. Sie nickte mit einem Grinsen.

Es war eine Wohltat, den beiden auch einmal etwas Gutes tun zu können. Und es wurde wirklich Zeit, dass sie ihr Leben wieder in den Griff bekam. Das Architekturbüro, in dem sie seit Kurzem jobbte – Pläne falten, Werte in Excel-Tabellen eintragen, Kaffee kochen –, hatte einen Großauftrag an Land gezogen, in den nächsten Wochen würde die Doppelbelastung aus Studium und Job ihr alles abverlangen.

Sie stieg in der Küche auf den Stuhl, um die große Schüssel für den Eierkuchenteig herunterzuholen. Was war das Braune dort am Rand des Schranks? Bog sich jetzt schon das Furnier hoch? War es durch das Kochen so feucht geworden in der Küche?

Sie kletterte vom Stuhl auf die Anrichte. Es schwindelte

sie leicht. Um nicht das Gleichgewicht zu verlieren, hielt sie sich am Hängeschrank fest, auch wenn sie wusste, dass sie ihn im Zweifel mit in die Tiefe reißen würde.

Ein dicker Umschlag lag im Staub auf dem Schrank. Sie nahm ihn und kletterte wieder herunter. Wie gut, festen Boden unter den Füßen zu haben.

Als sie den Umschlag umdrehte, sah sie ihren Namen und einen kleinen Vogel. Hatte Stefan das hier deponiert, um sie später damit zu überraschen? Wie bitter, seine Überraschung jetzt zu finden.

Sie pustete die Staubflusen vom Umschlag und riss ihn vorsichtig auf.

Kleine und größere Stücke Papier fielen ihr entgegen, Briefe, Zeichnungen. Sie musste sich setzen. Als wäre ihr Herz das des Vögelchens auf dem Umschlag, donnerte es gegen ihre Rippen.

Die Papiere schienen keine Reihenfolge zu haben.

Liebe Lenja, bitte versuch weiter, glücklich zu werden. Irren gehört dazu. Bleib nicht in der Katastrophe stecken.

Ich weiß, dass ich dir den Glauben verdorben habe, den Glauben an die Liebe und den Glauben an Gott. Aber ich weiß auch, dass im Inneren Unverletzbares in dir steckt. Du bist eine Feder in Gottes Flügel. Flieg, Lenja!

Du bist nicht dazu auf der Welt, dass andere dich einsperren und du verdorrst.

Ich habe den Glauben für dich gesucht, weil mir die

Vorstellung unerträglich war, dass das, was dich schön gemacht hat, verloren sein könnte. Auf der Suche bin ich selbst gefunden worden. So wie du es einmal gesagt hast.

Mit zitternden Händen legte sie den Brief weg. Sie sah eine Zeichnung: eine kleine Kerze, die mit ihrem Licht gegen das Dunkel eines Raums anleuchtete. War das eine Kapelle?

Die nächste Zeichnung zeigte den Nachthimmel mit Sternen. Dunkle Zeichnungen waren es. Sie holten sie dort ab, wo sie gerade war, in der Dunkelheit. Dann sah sie eine Zeichnung mit Bergen und einem wundervollen Ausblick über weites Land. War das dort hinten das Meer? Die Landschaft berührte sie eigentümlich, es war wie heimkehren, als hätte sie genau dort schon einmal gestanden und wäre ein Teil dieser Landschaft gewesen.

Unter dem Bild knisterte dünnes Papier. Lenja zog es hervor und erschrak. Eine herausgerissene Seite aus einem Liederbuch!

Nr. 455

Morgenlicht leuchtet, rein wie am Anfang.
Frühlied der Amsel, Schöpferlob klingt.
Dank für die Lieder, Dank für den Morgen,
Dank für das Wort, dem beides entspringt.

Sanft fallen Tropfen, sonnendurchleuchtet.
So lag auf erstem Gras erster Tau.
Dank für die Spuren Gottes im Garten,
grünende Frische, vollkommnes Blau.

Mein ist die Sonne, mein ist der Morgen,
Glanz, der zu mir aus Eden aufbricht!
Dank überschwänglich, Dank Gott am Morgen!
*Wiedererschaffen grüßt uns sein Licht.**

Eine Träne lief ihr über das Gesicht. Stefan war gütig, er sorgte sich um sie. Er sah die Welt, und er half ihr, sie zu sehen.

Plötzlich fuhr sie zusammen. Philipp! Das Quietschen der Briefklappe! Damals hatte Stefan den Brief gebracht. Philipp musste ihn auf den Schrank gelegt haben, um ihn ihr vorzuenthalten.

Ihre Seele war ihr so schwer, dass sie sie kaum noch tragen konnte. Die Küche verschwamm vor ihren Augen. Sie weinte.

❄ ❄ ❄

* Text: Eleanor Farjeon vor 1933/Jürgen Henkys (1987) 1990
Original: Morning has broken
Rechte: 1987 Strube Verlag GmbH

Wie lange standen Marielle und Hannah schon da? Sie wischte sich über das Gesicht.

Marielle legte ihr die Arme um die Schultern. „Ach, Lenja, dich hat es so richtig erwischt."

Hannah sagte: „Die Eierkuchen mache ich."

Marielle sammelte die Zeichnungen und Briefseiten ein, die auf den Boden gefallen waren. „Viel zu schade. Die sollen keine Fettflecken kriegen. Und nach Eierkuchen riechen sollen sie auch nicht, oder?"

Dritter Teil

Das Fest

Lenja

Jeden Morgen nahm sie ein Blatt aus dem braunen Umschlag und betrachtete es. Mal war es eine Zeichnung – besonders mochte sie das Blatt, auf dem Stefan ein Kind gezeichnet hatte, einen kleinen Jungen, der am Boden hockte und mit dem Stock in einer Pfütze rührte –, dann wieder ein Brief.

Ja, um uns ist vieles zum Weinen. Aber ich vermute, dass Gott in uns kleine Menschen seine Sehnsucht gelegt hat, seine Lust zu lieben. Wir bauen und verknüpfen und stürzen wieder um und lassen neue Verbindungen wachsen. Gott würdigt uns, seine Gefährten zu sein. Auch wenn wir nur diesen kleinen Horizont haben und unseren Nebenmenschen oft vergessen, sie ist da: Gottes schöpferische Ader in uns.

Was du durchleiden musstest, ist nicht schön, und ich bereue zutiefst, dass ich dir solche Schmerzen zugefügt habe. Mein eigenes Herz ist ebenfalls zerschunden. Aber ich versuche, das Ganze auch als Gottes Arbeitsprozess zu denken – als sein sanftes Arbeiten an uns. Bei uns beiden war es an der Zeit, die Kindheitsmuster loszulassen, die uns lange Zeit geprägt haben. Sie haben uns die Welt in einer bestimmten Weise sehen lassen, aber ihre Zeit ist vorüber. Lenja, heute darfst du mehr du selbst werden. Auch im Glauben! Wirf ihn nicht weg. Ich bin sicher, am Ende findest du eine neue Art, Gott zu sehen, und einen neuen Blick auf ihn. Folge ihm, der dir heute begegnet und dir diese Zeit zumutet. Er ist deine Zuflucht.

Und immer wieder zog sie aus dem Umschlag eine Karte heraus und nahm sie als ihre „Tagesbotschaft" mit. Sie liebte diesen Satz.

Ich glaube, dass Gott uns vor allem helfen will, die Welt zu lieben.

Es rührte sie. Es lockte sie. Trotzdem schob sie die Seiten jedes Mal wieder zurück in den Umschlag, machte ihr Bett, aß ihr Müsli und fuhr mit dem Fahrrad zur Uni. Sie brauchte den immergleichen Tagesablauf, der ihre verwundete Seele hielt. An den kurzen Uni-Tagen fuhr sie anschließend weiter zum Architekturbüro und erledigte ihre Arbeit dort. Sie klammerte sich an die Zahlen. Eine Zwei war eine Zwei, eine Vier eine Vier, das gab ihr Sicherheit. Bei den Zahlen war alles klar definiert, und Excel tat das Erwartete.

Nur einmal hielt sie inne, während sie am Morgen das Bett machte, und dachte daran, wie es gewesen war, mit Stefan hier zu liegen. Seine Körperwärme, seine freundliche Zurückhaltung und das Gespräch, von dem sie nicht gewollt hatte, dass es je endete – war das nicht das Beste gewesen, das ihr hatte passieren können?

Und eines Abends, als es schon dunkel war auf dem Weg vom Architekturbüro nach Hause, und der Dynamo am Vorderreifen leise sang, war sie traurig, weil sie den Glauben vermisste.

Aber sie änderte ihr ruhiges, kleines Leben nicht. Der Glaube an Gott war in einen Kubus aus Glas gesperrt, sie sah weg, wenn sie daran vorüberging, und rührte ihn nicht an.

Der Glaube hielt still, er schwieg und stand da wie ein außerirdisches Artefakt, geschmolzen beim Eintritt in die Erdatmosphäre, und sie und dieses Artefakt hatten eine Vereinbarung getroffen, dass sie sich gegenseitig in Ruhe ließen. Es konnte noch Jahrtausende dort stehen, es war ewig. Und sie hatte ihr kleines Leben, das Artefakt musste ja nur warten, bis sie verschwunden war, ihre Jahre waren ein Wimpernschlag für das Artefakt, es hatte Zeit.

Früher hatte sie ihren Alltag um es herumgewoben, hatte gebetet, gesungen, Verhaltensregeln befolgt, sich bemüht, gut zu denken und zu fühlen. Jetzt schwieg sie innerlich. Sie hielt die Augen geschlossen, um zu lauschen. Sie sah nichts, sie verharrte still und lauschte, und das Artefakt lauschte zurück. Die Weite lauschte, und sie tat nichts außer zu atmen, außer da zu sein. Mehr war ihr nicht möglich, zu mehr war sie nicht in der Lage in ihrer Verfassung.

Gehörte es vielleicht zu einer Glaubensbiografie, auch einmal nicht zu glauben? Manchmal lauschte sie nicht, mochte nicht mehr lauschen. Sie hatte der Musik abgeschworen, hatte aufgehört zu tanzen, zu singen und zu summen. Sie brauchte Ruhe, und als würde Gott das respektieren, war er still geworden, sehr still.

Es hatte nicht allein mit Stefan zu tun und mit dem übergriffigen Verhalten ihrer Freunde und Eltern. Das mit ihrem Glauben war sowieso überfällig gewesen.

Einmal blickte sie abends in den Sternenhimmel und fragte sich: Was, wenn das Weltall einfach kalt und leer ist? Wenn es Gott überhaupt nicht gibt? Wenn ihre Tage einfach verstrichen, und dann verlosch sie, und anderes Leben keimte auf, und es gab keinen Sinn in allem?

Der Gedanke hauchte sie kalt an.

Am nächsten Morgen passierte sie auf dem Weg zur Uni einen Vorgarten, in den jemand ein Futterhäuschen gestellt hatte, erhöht auf einer hölzernen Stange. Dort sah sie Kohlmeisen Körner picken. Die schmalen Vögel mit den zarten Köpfchen erinnerten sie daran, wie hingebungsvoll Stefan die Tiere zeichnete.

Ob er noch an sie dachte? Und wenn, geschah es dann mit Wut, mit gerechtem Zorn? Oder lag noch Fürsorge in seinen Gedanken und ein kleiner Rest von Liebe?

Sie konnte sich in der Uni nicht konzentrieren. Im Architekturbüro machte sie nur Dienst nach Vorschrift.

Bald prangte die erste Weihnachtsbeleuchtung in den Fenstern und erinnerte sie an die Debatte zu Weihnachten vor einem Jahr in Stefans Wohnung.

Am liebsten wäre sie in die Bibliothek gegangen. Kam er immer noch dorthin, um zu sich selbst zu finden nach einer anstrengenden Woche?

Sie sehnte sich nach Stefan.

Sie hielt es nicht länger aus, fuhr kurzerhand zu seinem Haus, lehnte das Fahrrad an einen Laternenpfahl und sah an der Fassade hoch. Es brannte Licht in seiner Wohnung. Sie fragte sich, wie es ihm wohl ging. Sie vermisste ihn, ganz gleich, ob sie eine Beziehung führten oder nicht. Wenn er sie nicht mehr als Partnerin haben wollte, reichte es dann für eine lockere Freundschaft?

Sie wagte nicht zu klingeln. Der Gedanke an eine Freundschaft mit ihm aber beglückte sie. Mit Schwung trat sie in die Pedale und fuhr nach Hause. Ihre große Freude, wenn sie sich Stefan als platonischen Freund vorstellte, machte sie misstrauisch. Log sie sich da nicht etwas vor? Hoffte sie insgeheim, dass aus der Freundschaft wieder mehr wurde?

Nein!, beschloss sie. Selbst wenn es lebenslang eine lockere Freundschaft blieb, war Stefan es wert.

Zu Hause angekommen, schob sie das Fahrrad in den Hinterhof und schloss es an. Sie stieg die knarrenden alten

Treppenstufen hinauf – wer hatte hier alles schon gelebt und geliebt, vielleicht genauso verzweifelt wie sie? Oben schloss sie sich in ihrem Zimmer ein und holte den braunen Umschlag hervor. Sie las jeden Brief und betrachtete jede Zeichnung. Ja, das war der richtige Weg.

Sie setzte sich hin und schrieb:

Sehr geehrter Herr Bäumling,

Versäumnisse meinerseits haben verhindert, dass ich als Partnerin in Ihrem Unternehmen eingestellt werden konnte.

Hiermit möchte ich mich erneut bei Ihnen bewerben. Mir ist klar, dass es zuletzt keine Stellenausschreibung gegeben hat. Sicher haben Sie Verständnis für eine Initiativbewerbung. Ist eine Stelle als Freundin bei Ihnen frei? Meine Fähigkeiten:

Brettspiele
Telefonieren
Zuhören
Kino
Gemeinsames Kochen
Mathematische Rätsel
Ausflüge bei Lust und Laune

Dass eine Stelle als Freundin keinerlei Zärtlichkeiten beinhaltet, ist mir bewusst. Ich bin sicher, dass ich für diese Stelle gut geeignet bin. Sie können sich darauf verlassen, in mir eine gut gelaunte, loyale Freundin zu finden. Vergünstigungen sind nicht nötig. Sie werden feststellen, dass ich Ihnen nütze und mich gut in Ihr Team einfügen kann.

Mit freundlichen Grüßen
Lenja Schulz

Es war ein Befreiungsschlag aus der vertrackten Situation. Sie konnte ihm zeigen, dass er ihr wichtig war, ohne eine Entscheidung von ihm zu wollen. Es genügte, wenn sie sich einfach mal wieder verabredeten, mehr verlangte sie nicht.

Nasser Dezemberwind fauchte gegen die Scheiben an. Er warf dicke Regentropfen dagegen. Sie sah nach draußen. Eine alte Frau mühte sich mit ihren Einkäufen, blieb immer wieder stehen, setzte die Taschen ab und hielt den Arm vors Gesicht. Sie wendete sich um, als wollte sie aufgeben. Dann aber nahm sie die Taschen wieder und schleppte sie ein paar Meter weiter, nur um sie erneut abzusetzen.

Lenja zog hastig Schuhe und Jacke an und stürmte die Treppe hinunter. Sie trat nach draußen in den Regen und rief: „Darf ich Ihnen helfen? Wo müssen Sie denn hin?"

Die Alte war sichtlich erschöpft und wies wortlos nach vorn.

Lenja nahm die Taschen. Du meine Güte. Ein Wocheneinkauf, mindestens. Dass die Alte sie überhaupt hatte tragen können!

Gemeinsam kämpften sie sich vorwärts. Schon bei der nächsten Querstraße war Lenja nass bis auf die Haut. Aber sie hatte Kraft und Mut, weil der Brief an Stefan oben im Zimmer lag.

Nach zwei weiteren Querstraßen trat die alte Frau in eine Einfahrt und nestelte nach ihrem Portemonnaie.

Spät erst begriff Lenja. „Nein, auf keinen Fall! Das hab ich doch gerne gemacht. Ich habe Sie vom Fenster aus gesehen, wissen Sie? Ich wohne dahinten."

Die Alte drückte ihr einen Zehn-Euro-Schein in die Hand. Ihre Finger waren kalt, sie musste schnellstens ins Warme.

Lenja lachte. „Ich bleibe stur, ich nehme kein Geld von Ihnen." Sie gab es ihr zurück. „Gehen Sie rein, wärmen Sie sich! Soll ich die Taschen noch rauftragen?"

„Ach, Mädchen", sagte die Alte. „Du bist ein Engel. Aber ich wohne im Ersten, das schaff ich jetzt." Sie schlurfte mit den Taschen in den Hinterhof.

Lenja kehrte zurück. Drinnen tropfte sie das Treppenhaus voll. Ihre Schuhe würden Tage brauchen, bis sie getrocknet waren.

In der Wohnung zog sie sich gleich im Flur aus und

rannte nackt ins Bad. Sie duschte heiß. Dann zog sie ihren Pyjama an.

Hannah kam lachend in ihr Zimmer. „Deine Schuhe sehen aus wie zwei tote Frösche! Was ist passiert?"

„Da war eine alte Frau mit schweren Taschen."

„Ich verstehe. Du hast mal schnell die Welt gerettet."

Alles war gut, bis sie im Bett saß und den Brief noch einmal las. Jetzt kam er ihr albern vor. Stefan hatte sie mit Philipp gesehen, kurz nach ihrer Trennung. Mit einem derart lächerlichen Brief konnte das nicht wiedergutgemacht werden.

Sie riss ihn in Stücke.

Mit kleinen Zahlen kam sie hier nicht weiter. Auch wenn im Kosmos mehr kleine Zahlen als große vorkamen, die Gleichung Stefan und Lenja war damit nicht zu lösen.

Jede Zahl konnte man schreiben, indem man einen Wert M zwischen 1 und 10 mit einer Zehnerpotenz multiplizierte. Statt 215 schrieb man 2,15 mal 10 hoch 2. Kurioserweise traten häufiger Zahlen auf, deren Faktoren M kleiner als 4 waren. Zahlen mit den Anfangsziffern 1, 2 oder 3 bildeten die Mehrheit in der Welt, ob man nun Einwohnerzahlen betrachtete oder Naturkonstanten oder Google-Ergebnisse oder die Zahlen in Steuererklärungen, sie alle folgten der Benford-Verteilung.

Es hatte sie im zweiten Semester verblüfft: dass statistische Gesetzmäßigkeiten Steuerfahndern halfen, Kriminellen auf die Schliche zu kommen. Zahlen mit kleinen Anfangsziffern waren einfach häufiger. Es gab mehr kleine als große Dinge in der Welt.

Die relative Häufigkeit der Anfangsziffer 1 war mehr als 6 Mal größer als die der Anfangsziffer 9. Der Kosmos favorisierte die Zahl 1432 gegenüber der Zahl 9526. Das Benfordsche Gesetz hing nicht davon ab, ob man Celsius oder Fahrenheit verwendete, Kilometer oder Meilen, Euro oder Dollar. Es galt auf jeder infrage kommenden Mess-Skala, es besaß sogenannte „Skaleninvarianz". Die Wahrscheinlichkeiten für die Anfangsziffern d = 1, 2, …, 9 betrugen jeweils log(d + 1) – log(d).

Aber während Finanzdaten der Benford-Verteilung folgten und man gefälschte Steuererklärungen daran erkennen konnte, dass sie davon abwichen, gab es eben auch Fälle, wo eine 9 richtig war. Sie hatte Stefan eine 3 anbieten wollen. Man brauchte ihm mit einer 3 nicht zu kommen. Stefan verdiente die 9, nichts weniger als die 9, das wusste sie, das hatte sie die ganze Zeit gewusst.

❄❄❄

Über Nacht wurde es kalt, die Luft schnitt am Morgen so sehr in die Haut, dass Lenja den Bus zur Uni nahm. Aber am Nachmittag wickelte sie sich den Schal zweifach um den Hals und fuhr mit dem Fahrrad zur Bibliothek. Die Fenster des Alten Rathauses waren mit Weihnachtslichtern und Tannengrün geschmückt. Es war ein Déjà-vu, als wäre sie in der Zeit zurückgereist, um Stefan erneut kennenzulernen und diesmal besser auf ihre Liebe zu achten. Sie war nervös. Gleich als sie die Bibliothek betrat, sah sie sich mit raschen Blicken nach ihm um.

Es war schon fünf Uhr. Sie ging die Regale ab, wo sie sonst immer fündig geworden war, und nahm die Bücher kaum wahr. Jedes Mal, wenn die Tür der Bibliothek leise klappte, sah sie voller Hoffnung hin. Immer war es jemand anderes, ein Kind mit seiner Mutter, zwei Zehntklässlerinnen, ein Glatzkopf.

Selbst wenn Stefan kam – würde sich ein ungeplanter Zauber wie ihr Kennenlernen wiederholen lassen? Wahrscheinlich nicht.

Fahrig griff sie einen Roman heraus und ging zur Ausleihe. Die Bibliothekarin nahm „Jeder stirbt für sich allein" von Hans Fallada entgegen, buchte den Roman ein und sagte: „Sie hatten das Buch schon einmal."

„Ich weiß. Es ... hat mir so gefallen." Lenja zögerte. Sie fragte sich, ob er noch kam und zeichnete. Schließlich wagte sie es und sprach die Bibliothekarin darauf an.

Die Frau sah sie nur mitleidig an und schüttelte den Kopf.

Zu Hause dachte Lenja lange nach. Schließlich schrieb sie einen neuen Brief.

Lieber Stefan,

ich habe dich verletzt, und es war kein Versehen. Ich habe es damals noch nicht gewusst, aber ich weiß es heute: Ich wollte mich vor dir in Sicherheit bringen. Ich wollte weg von dir, wollte Tatsachen schaffen.

Und jetzt? Vermisse ich dich. Ich denke jeden Tag an dich, auch wenn ich nicht weiß, was das ändern soll. Es wird nichts ändern, denke ich. Du wirst diesen Brief lesen und den Kopf schütteln über mich. Aber ich muss es einmal sagen.

Ich hatte Angst vor dir. Nicht wegen der Sache mit dem Telefon, die ist längst vergessen. Es ist mehr: Du bist still und klug. Ich habe keine Sorge, mit dir könnte es langweilig werden. Das Gegenteil ist der Fall. Ich habe Angst vor deiner Tiefe.

Du denkst nach. Du siehst die Welt und malst und durchdringst sie. Und irgendwann wirst du mich ansehen und mich durchschauen. Du wirst mich langweilig finden. Denn auch wenn ich mit Zahlen umgehen kann und gerne Klassiker lese – ich höre die simpelsten Lieder im Radio und finde sie schön. Ich kenne mich weder mit Weinsorten aus noch mit Politik oder mit Mode. Ich weiß nichts über Kunst, ich bin in Wirklichkeit ein oberflächlicher Mensch. Ich esse für mein Leben gern Oreos, das sagt doch schon alles, oder? Ich mag kein Baguette und keine Croissants, wenn ich beim Bäcker bin, kaufe ich einfache Schrippen und frühstücke sie zu Hause mit Marmelade. Ich trinke keinen Matcha, nicht mal Darjeeling, sondern einfachen Kräutertee von Lidl. Ich esse kein Sushi, ich gehe nie in klassische Konzerte.

Wenn ich mit dir zusammen bin, muss ich mich strecken, um mitzuhalten. Das ist meine Angst. Das habe ich jetzt begriffen.

Und du? Hast deine Kunst im Kopf, und das ist gut so. Aber ich habe auch die Sorge, dass du vergisst, dass man Miete bezahlen muss und Lebensmittel kaufen. Denn ich kenne noch jemanden, der so ist: meinen Vater. Er ist kein Künstler, überhaupt nicht. Aber er kann nicht mit Geld umgehen. Konnte es noch nie. Wir haben als Familie darunter gelitten.

Außerdem ist da die Sache mit dem Glauben. Du glaubst jetzt also an Gott? Ich kann nicht begreifen, dass du mir den Glauben zuerst ausreden wolltest, und jetzt willst du ihn mir wieder einreden.

Ich bin so durcheinander, Stefan. Es klingt, als würde ich lauter Gründe aufführen, warum wir uns besser nie wiedersehen sollten, nur wünsche ich mir genau das Gegenteil. Ich wüsste gern, was du denkst. Ich wäre gern in deiner Nähe.

Wahrscheinlich wirst du mir nicht antworten, aber ich weiß, es war richtig, dir zu schreiben. Ich habe lange gebraucht, diese Dinge zu begreifen, und sie mussten ausgesprochen werden. Ich war es dir schuldig, dir all das zu sagen. Und ich habe es für mich selbst gebraucht. Denn welchen Sinn hat es, andauernd an jemanden zu denken, wenn es keinen Austausch mehr gibt? So habe ich es wenigstens ein letztes Mal versucht.

Deine Lenja

Sie ärgerte sich, dass sie „deine Lenja" geschrieben hatte, das hätte sie nicht machen sollen. Sie warf sich ihm zu Füßen. Das mochten die Männer nicht, sie wollten den aktiven Part haben, wollten erobern. Und überhaupt, hatte sie denn kein bisschen Stolz mehr?

So war es. Da war kein Stolz mehr übrig. Ich habe ihn verloren, dachte sie.

Sie nahm den Brief, und als sie mit dem Fahrrad durch die Winterkälte zu ihm fuhr, war kein Lächeln auf ihrem Gesicht. Sie fühlte sich, als wäre sie zu einer Prüfung unterwegs, von der schon von vornherein feststand, dass sie sie nicht bestehen würde, nicht bestehen konnte. Trotzdem war sie zu absolvieren.

Die Regennässe vom Vortag war gefroren. Obwohl die Radwege gestreut waren, kam sie mehrmals ins Schlittern und konnte nur langsam und vorsichtig fahren.

Je näher sie Stefans Haus kam, desto flehentlicher bat sie, dass er nicht zu Hause war. Sie sagte Gott wieder und wieder in Gedanken: *Lass ihn nicht zu Hause sein, bitte, ich kann das nicht.*

Aber es brannte Licht.

Minutenlang drückte sie sich mit dem Brief vor der Tür herum, während ihr Gesicht, das vom kalten Fahrtwind fest geworden war, das Gefühl wiederfand. Trotzdem kehrte sie zum Fahrrad zurück, stand unschlüssig dort, ging schließlich wieder zur Tür. Sie klingelte. Ihr Puls galoppierte, und sie wusste nicht, ob sie überhaupt einen geraden Satz zustandebringen würde.

Die 6 ist gut teilbar, dachte sie, und wenn ich ihre Teile 1, 2 und 3 zusammenzähle, kommt 6 heraus. Eine wunderschöne Zahl. Und die 7 ist eine Primzahl, die nicht in der Natur vorkommt, und doch ist sie für uns wichtig. Die Sieben-Tage-Woche kann man nicht erklären, außer durch die Schöpfungstradition der Juden.

Sie zerlegte zur Beruhigung die Zahlen auf dem Nummernschild des in der Einfahrt parkenden Autos in seine Primzahlen. Verrückt, dass man mathematisch beweisen konnte, dass es unendlich viele Primzahlen gab. Die begrenzte Menschheit konnte also etwas über die Unendlichkeit aussagen.

Der Summer ging.

Sie schob die Tür auf. Die Treppe hinaufzusteigen war alles andere als leicht. Der Brief in ihrer Hand wog Tonnen.

Dann sah sie Stefan in seiner Tür stehen und wusste gleich, dass sie verloren hatte. Er sah ihr mit einem Gesichtsausdruck entgegen, den sie noch nie bei ihm gesehen hatte. Abweisend, beinahe feindselig.

Sie war den Tränen nah. Jetzt musste sie es zu Ende bringen, auch wenn es demütigend war und peinlich, weil er sie ganz offensichtlich nicht mehr liebte und nicht mehr haben wollte. Sie gab ihm den Brief.

Er nahm ihn entgegen wie etwas, das er nicht haben wollte. Vielleicht würde er ihn ungelesen in den Müll werfen.

Er sollte ihn wenigstens ansehen. Sie holte den Bleistiftstummel aus ihrer Jackentasche. Alles, was sie dazu hatte sagen wollen, war aus ihrem Kopf verschwunden. Sie stotterte: „Das ist eben so, das Leben ist nicht bloß fabrikneu, man kann so einen abgenutzten Bleistift lieben, weil man mit ihm schöne Sachen gezeichnet und erlebt hat und weil er zu einem gehört, und ich weiß zumindest, dass du … dass du mit ihm Wunderschönes zeichnen kannst, so wie du mit mir … einen wunderschönen Alltag gelebt hättest, vielleicht hätten wir gestritten, und vielleicht hätten wir wenig Geld gehabt, es wäre kein Bilderbuchleben gewesen, aber das macht nichts, es … es kommt auf anderes an. Ich …“ Was hatte sie sich bloß gedacht. Sie gab Stefan den Bleistift und drehte sich im gleichen Moment um, wollte nur weg von hier, fort, nach Hause.

„Komm rein“, sagte er.

Sie standen in seinem Zimmer. Über dem Schreibtisch hing die Zeichnung, die er von ihr in der Bibliothek angefertigt hatte. Sie schöpfte leise Hoffnung.

„Was willst du?“, fragte er.

„Ich würde mich freuen, wenn du meinen Brief lesen würdest."

Er stand da, mit dem Brief in der Hand, unschlüssig, als wüsste er nicht, wie das geht, einen Brief zu öffnen und ihn zu lesen.

Sie sah wieder zur Zeichnung.

„Du fragst dich, was das soll, das Bild dort?", sagte er. „Da habe ich mich in jemanden verguckt. Ich wollte zu viel. Hab mich verrannt. Vielleicht habe ich etwas in ihr gesehen, das nicht da war."

Sie sagte: „Es bleibt immer noch der Bleistiftstummel, der Alltag, und wenn man genau hinsieht, kann man den Zauber darin sehen. Man muss nur wollen. Man muss die Augen aufmachen und wollen."

Er setzte sich, und auch sie setzte sich, und er öffnete den Brief, aber er las ihn nicht, er ließ ihn sinken und sagte: „Ich will nicht deine Ausflucht sein, bloß weil Philipp dich mal wieder sitzenlassen hat."

„Ich hab Schluss mit ihm gemacht, an dem Tag, als du da warst."

„Aber: Ich war damals bloß ein Lückenbüßer. Keine Ahnung, warum ihr euch immer wieder trennt und dann wieder zusammengeht, offenbar könnt ihr nicht voneinander lassen. Das geht mich nichts an, ihr könnt ja machen, was ihr wollt. Ich mach da jedenfalls nicht länger mit."

Es verletzte sie, dass er so von ihr redete. „Du täuschst dich. Das ist nicht, wie du denkst."

„Ich musste nur hingucken. Lenja, ich weiß, wenn ich nicht gut genug bin. Für den Studienplatz an der Kunsthochschule war ich nicht gut genug. Und für dich bin ich es offensichtlich auch nicht. Ist besser, sich damit abzufinden, weißt du? Immer wieder gegen eine Wand zu rennen, ist am Ende nicht gut für meinen Kopf."

„Aber da ist keine Wand. Ich hatte mich verloren und musste mich erst wiederfinden. Das ist alles. Jetzt weiß ich, was ich will. Wen ich will."

Er sah sie an, unvermittelt. Für einen Moment war seine Miene nicht länger hart und abweisend, sie war weich geworden. Dann war der Moment vorüber.

„Weißt du es auch?", fragte sie leise.

Sein Blick blieb undurchdringlich. „Ich kann dir nicht mehr glauben."

Sie biss sich auf die Lippe, bis es blutete.

„Es ist zu viel kaputtgegangen." Er legte den Brief auf die Armlehne und stand auf.

Auch sie erhob sich. Voller Tränen war sie, so voll, dass es überzuschwappen drohte, und sie wollte das nicht. „Ich gehe besser", brachte sie heraus. „Mach's gut, Stefan."

Lenja

In der Nacht vom 23. zum 24. Dezember schneite es. Schnee zu Weihnachten, die Moderatoren der Radiosender jubelten. Aber der 24. Dezember fragte nicht danach, ob man in der passenden Verfassung war, Schnee und Heiligabend zu genießen.

Lenja lief von der Bushaltestelle zum Haus ihrer Eltern. Der rot leuchtende Stern auf ihrem Balkon schaukelte im Wind, und Schwaden von feinen Schneekristallen wehten von den Fensterbrettern.

Sie hatte Weihnachten immer gemocht. Es weckte Erinnerungen an ihre Kindheit. Das Gefühl: Du bist klein und geliebt. Alles leuchtet. Weihnachten bedeutete Geheimnisse, ein Beschenktwerden und Staunen, Umarmungen und lachende Augen.

Als Kind hatte sie heimlich Tannennadeln abgerupft und sie in die Kerzenflamme gehalten. Das herrliche Knistern und der Tannenduft, das war Weihnachten.

Stefan hatte diesen roten Mantel an ihr geschätzt. Die Bedeutung schwand schon, sie würde sich allmählich auflösen. Stefan Bäumling wurde zu jemandem, der in einer entfernten Straße wohnte und den man früher mal gekannt hatte. Das war der Weg, den sie zu gehen hatte, und sie ging ihn tapfer. Jeder Schritt führte sie fort von ihm. Das Leben ging weiter, unerbittlich.

Sie betrat die Wohnung der Eltern.

Die Mutter rief: „Nicht ins Wohnzimmer!"

„Ich bin keine zwölf mehr." Eigenartig, wie man für die Eltern immer Kind blieb.

Der Vater kam in den Flur. Er sah sie bittend an. „Kommst du mit?"

Natürlich meinte er den Gottesdienst. In der Kirchengemeinde würden sie Fragen stellen, wo sie denn geblieben sei und ob sie jetzt wieder regelmäßig käme. Wie sollte sie es erklären? Sie kriegte es im Kopf nicht mehr zusammen, was Wahrheit war und was bloß Tradition oder Interpretation.

Aber sie nickte.

Er umarmte sie vor Freude und sagte leise an ihrem Ohr: „Du machst deiner Mutter eine große Freude." Dabei war offensichtlich, dass vor allem er es war, der sich freute.

Gemeinsam stiegen sie ins Auto, sie saß hinten, wie früher, und die Eltern vorn. An der Kirchengemeinde waren alle Parkplätze besetzt, sie waren zu spät dran. Fluchend steuerte der Vater in die Nebenstraßen, die Mutter sah sich um, rief: „Hier ist einer!", dann: „Nein, doch nicht, der ist für Behinderte", und wieder: „Da, da passt du doch rein, oder?"

Der Vater hatte beschlossen, ihre hektischen Ausrufe zu ignorieren. Schließlich fand er weiter entfernt eine Lücke und parkte ein. Sie eilten zur Kirche.

Von drinnen drang schon das Lied „Macht hoch die Tür" in den Vorraum. Sie hängten ihre Mäntel in die Garderobe. Dann der schöne Moment, als sie die Tür öffneten und der dumpfe Gesang zu einem Stimmenkonzert wurde. Der Saal war gefüllt mit Menschen. Hinten rechts gab es noch zwei Plätze. „Ich kann stehen", raunte der Vater, aber als sie in die Reihe einrückten, brachte ein Diakon einen weiteren Stuhl und stellte ihn dazu. Sie dankten ihm mit stummer Geste. Dann schlugen sie das Liederbuch auf und sangen mit.

Nicht weit entfernt stand Philipp, die kleine Flavia dicht bei ihm, sie sangen gemeinsam aus einem Buch. Als er sie bemerkte, blickte er schmerzerfüllt und sehnsüchtig herüber.

Bleib mal schön bei deiner Neuen, dachte Lenja und zeigte ihm die kalte Schulter.

Als das Lied „Kommet, ihr Hirten" verklungen war, erklärte die Pastorin, dass die Weihnachtsgeschichte in der Bibel nicht süßlich-romantisch geschildert werde. Erstens habe es in Bethlehem einen Kindermord gegeben, weil der König besorgt darüber gewesen sei, dass ein neuer König geboren sein sollte. Zweitens hätte es Magier gegeben, also

Astrologen, die gekommen waren, um Jesus anzubeten – ganz sicher Leute, denen man heute in christlichen Kreisen mit gerümpfter Nase begegnen würde. Und drittens hätten die Engel bei ihrem Erscheinen gesagt: „Fürchtet euch nicht!" Das sagten sie doch nicht ohne Grund. Offenbar seien sie erschreckend gewesen in ihrer Macht.

Die Pastorin entschuldigte sich, sie wolle kein Unbehagen wecken, schon gar nicht zu Weihnachten. Aber es müsse mal ausgesprochen werden.

Lenja verspürte eine Wärme in ihrer Brust. Es erschien ihr, als sei die Predigt genau für sie gedacht. Wenn der Glaube herausfordernd war und ungezähmt, dann machte man sich nichts vor. Seine raue Oberfläche konnte sie jetzt beinahe ertasten, an ihr rutschte sie nicht ab. Sie fand auf geheimnisvolle Weise plötzlich Halt an seiner Wildheit.

Die Pastorin sprach jetzt über Windeln. Bei der Geburt von Jesus hätten die Engel betont, er sei „in Windeln gewickelt" gewesen. Das sei erstaunlich. Alle Religionen rückten ihre Gottheiten in fremde Sphären. Christus aber beginne seinen Weg als Neugeborenes in einem ärmlichen Stall. Von dort ausgehend bringe er das Heil für die Menschheit. Hilfsbedürftig und verletzlich wie ein Baby gebe sich Gott in die Hände der Menschen. Eine Selbsterniedrigung, die für uns nur schwer zu verstehen sei.

Nach der Predigt sangen sie „Stille Nacht" und „Es ist ein Ros' entsprungen". Lenja konnte mitsingen, ohne sich an den Worten zu verschlucken. Sie war froh darüber.

Philipp hatte verstanden, er hielt nach dem Gottesdienst Abstand. Aber Alex kam zu ihr, war freundlich, nicht anbiedernd – nur freundlich, das gefiel ihr. Er fragte sie, ob sie mal wieder einen Spieleabend machen wollten.

„Gern", sagte sie.

Er sah sie an. „Fällt dir schwer mit dem Glauben gerade, oder?"

„Ich bete nicht mehr."

„Machst eben eine Pause." Er tat, als wäre es nichts.

„Kommt es dir nicht auch manchmal so vor, dass das Beten so ist, als würde man jemandem Briefe schicken, und er schickt nie einen Antwortbrief? Man fragt sich irgendwann: Hab ich die falsche Adresse?"

„Gottes Stimme hören eben nur wenige. Mose zum Beispiel. Der hat definitiv Antwortbriefe bekommen."

„Aber das ganze Prinzip des Betens! Ich meine, Gott ist die absolute Güte – kann es da nötig sein, ihn zum Gutestun zu drängen? Und er weiß schon alles. Warum sollen wir ihm unsere Bedürfnisse vortragen? Sollen wir um Dinge bitten, damit er sich mehr um uns kümmert? Beten wir, um noch mehr herauszukitzeln? Oder informieren wir ihn über unsere Probleme, damit er etwas dagegen unternimmt? Er müsste sich doch schon so gut kümmern, wie er nur kann, aus Liebe. Wir können ihn nicht informieren, und genauso wenig können wir ihn becircen, etwas zu tun. Was machen wir denn dann, wenn wir beten?"

„Vielleicht einfach nur mit ihm reden." Alex runzelte die Stirn und verschränkte die Arme.

„Die Sache steht und fällt für mich mit der Frage, ob Gott eingreift. Ob er sich durch Gebete erweichen lässt zu handeln. Und das tut er nicht. Oder nur sehr selten."

„Also bei –"

„Ich weiß", unterbrach sie ihn, „du kannst Beispiele aus deinem Leben erzählen. Und es gibt diese Statistik, wo man für Menschen im Krankenhaus ohne deren Wissen gebetet hat, und sie wurden schneller gesund als die anderen. Aber guck dir die Welt doch an. Bleiben die Christen verschont, wenn ein Flugzeug abstürzt? Bleiben sie von Krebs verschont, von Aids, von Bankrott, Kindesmissbrauch oder Raubüberfällen?"

„Keine Ahnung, Lenja. Aber ich wollte dir noch was zeigen." Er ging zu seinem Platz und kehrte mit dem Liederbuch in der Hand zu ihr zurück. Er reichte es ihr. „Guck mal, welches Buch ich heute hatte."

Sie nahm das Liederbuch. „Was ist damit?"

„Schlag mal Nummer 455 auf."

Sie blätterte. Die Seite fehlte, man sah, dass sie herausgerissen worden war.

„Stefan hat Mumm", sagte Alex. „Er war hier, deinetwegen. Ihr solltet zusammen sein."

„Du sagst das? Du hast ihn mir ausgeredet, zusammen mit den anderen."

„Da haben wir uns von Philipp in etwas reinbugsieren

lassen. Das war nicht richtig, und es tut mir leid. Kann's verstehen, wenn du sauer bist deswegen."

Sie sahen sich an. Alex mit seinem Dreitagebart und den strubbeligen Haaren, selbst an Weihnachten.

„Frohe Weihnachten", sagte sie und umarmte ihn.

„Also verzeihst du mir?"

„Na klar."

Seine Schwester holte ihn, ihre Großeltern waren schon zum Auto vorgegangen. Er sollte sich beeilen.

Auch ihre Eltern hatten sich aus den Gesprächen gelöst. Sie ging mit ihnen zum Auto.

„Na, schon aufgeregt?", fragte die Mutter.

„Ja", sagte sie, „ich wüsste so gerne, ob ich den Malkasten kriege oder das Puppenhaus."

Sie lachten.

Nur der Vater blieb ruhig. „Schön, dass du mitgekommen bist", sagte er.

Sie stiegen ein, die Türen schlossen mit einem satten Geräusch, noch immer war das neue Auto etwas Besonderes für sie. Wenn es nur nicht auf Kredit gekauft wäre! Sie fragte sich, wie die Eltern die Raten stemmten.

Der Vater lenkte den Mercedes aus der Parklücke. Schweigsam fuhr er durch die Dämmerung, in Richtung des weihnachtlichen Wohnzimmers. Doch nach zehn Minuten Fahrt bog er falsch ab.

„Äh, Papa, du hättest gerade links gemusst, nicht rechts."

Er sagte nichts. Auch die Mutter schwieg.

„Gehen wir noch essen oder so was?"

Die beiden schwiegen weiter. Der Vater lenkte, blinkte, als müsse er nicht nachdenken. Kurz trafen sich ihre Blicke im Rückspiegel.

„Okay", sagte Lenja, „eine Weihnachtsüberraschung. Na gut."

Nach einer Viertelstunde hielten sie. Das war Stefans Haus dort drüben.

Der Vater sagte: „Es ist Weihnachten, Lenja. Meinst du nicht, du kannst das in Ordnung bringen mit dem Jungen?"

„Wie bitte?"

„Ich sehe dich seit Monaten leiden. Und ich kann mir vorstellen, dass er genauso leidet. Wenn das keine Liebe ist, dann weiß ich auch nicht."

Die Mutter griff nach Vaters Hand und hielt sie.

„Moment mal. Ihr könnt nicht … Außerdem wird er gar nicht da sein. Er feiert mit seinem Vater. Es ist fünf Uhr, er ist längst draußen in Teltow, ganz sicher."

„Versuch's wenigstens."

„Mir ist aber nicht danach."

„Wir warten hier."

„Typisch Eltern! Ihr denkt, ihr könnt alles durch Erziehung regeln." Sie schnaubte. „Also gut, ich klingele." Sie stieg aus und warf die Autotür zu.

Außerdem, was sollte es bringen? Sie war doch schon hier gewesen und hatte eine Versöhnung versucht.

Sie zögerte kurz, dann klingelte sie. Als plötzlich der Summer ging, schrak sie zusammen. Warum war er nicht bei seinem Vater?

Die Treppe. Oben an der Wohnungstür hellte Stefans Gesicht auf. „Du!“ Offenbar war er heute besser gelaunt. Er wirkte regelrecht aufgeräumt.

„Meine Eltern … Also ich …“

Er zog sich die Schuhe an, griff seine Jacke, den Schal und die Handschuhe. „Lust auf einen Weihnachtsspaziergang?“

Wie seine Augen sie anblitzten, gefiel ihr sehr. Aber sie war irritiert, dass er so leichtfüßig war, dass er das alles so leichtnahm.

Als sie unten aus der Haustür traten, machte sie eine kleine Geste, und Vaters Mercedes fuhr langsam davon. Hoffentlich hatte Stefan das nicht gesehen.

„Schlosspark?“, fragte er.

Sie war einverstanden.

Sie liefen die Schlossallee hinauf. Er sagte: „Du hast Angst vor der Tiefe, ja? Dafür ist dein Brief aber ganz schön tiefgründig.“

„Na ja …“

„Wirklich, Lenja. Du hast ein falsches Bild von dir selbst.“

„Lässt sich schwer sagen.“

„Seit ich dich zum ersten Mal gesehen habe, in der Bibliothek, bin ich fasziniert von dir. Dazu musst du nichts über Wein wissen oder über Tee oder Reisen oder Politik. Schön wär's allerdings, wenn du mal mit mir in eine Kunstausstellung gehen würdest."

Es war, als würden ihre Lebensgeister nach einer langen Krankheit zurückkehren. Sie nahm tiefe, befreite Atemzüge. Sie wusste wieder, dass die Welt voller Wunder war. Und nichts wollte sie lieber, als mit Stefan Kunstausstellungen zu besuchen, eine nach der anderen, und zu reisen und Tee zu trinken und über Politik zu reden.

Er sagte: „In einem Punkt hast du recht. Wenn Philipp sein Studium zu Ende bringt, wird er einen sicheren Job haben. Sport auf Lehramt, da gibt es nichts dran zu rütteln. Bei mir ist das nicht so klar. Aber du als Mathematikerin, ich als Künstler – ich glaube, gemeinsam können wir es schaffen. Ich kann immer jobben, wenn nötig. Ich werde dich nie im Stich lassen. Vor allem gaukle ich dir keine Scheinsicherheit vor."

„Alex hat sich übrigens entschuldigt", sagte sie. Sie erzählte ihm von ihrem Gespräch. „Ich habe ihn ziemlich zugetextet, was das Beten angeht. Die meisten Argumente hatte ich von dir."

Stefan schwieg einen Moment lang. „Vielleicht geht es gar nicht um Gottes Nützlichkeit", sagte er dann. „Vielleicht ist der größte Schritt der, erst mal zu glauben, dass er einfach da ist. Ich habe es Gott immer übel genommen, dass ihn der ganze Schmerz nicht interessiert. Aber was, wenn es ganz anders ist? Wenn er weint? Wenn er alles sieht, den kleinen Vogel, der im Nest verhungert, genauso wie das Mädchen, das an der Lieblosigkeit seiner Klassenkameradinnen verhungert?"

„Trotzdem tut er nichts?"

„Wir sind in der Lage, Gutes zu tun. Wir können lieben, nicht nur um unserer selbst willen, sondern aus echter Zuneigung und Güte heraus. Wo sollen wir das herhaben außer von Gott? Seit Darwin und den Neo-Darwinisten hören wir, dass der Egoismus die Evolution voranbringt. Täglicher Überlebenskampf. Aber soll das schon das Leben sein, ein endloser Wettstreit der Organismen darum, die eigenen Gene weiterzugeben? Versuchen die Gene wirklich zu überleben? Was ist mit der Kunst? Mit dem Zeichnen? Zeichne ich, um andere zu beeindrucken? Ich zeichne, weil ich Dinge sehe und sie mich berühren."

„Ganz schön tiefgründig", sagte sie und lachte.

„Ich frag ja nur: Was ist mit den feineren Gefühlen, mit Empfindsamkeit, Güte, Hingabe, Opferbereitschaft? Ein ewiger Krieg, jeder gegen jeden, das kann doch nicht der Sinn von allem sein hier auf der Erde. Dann wäre die höchste Tugend die Fähigkeit, andere auszubeuten und mit Winkelzügen Millionen zu machen. Ist raubtierhaftes Verhalten der Kern von allem? Dann wären wir Wilde und würden es immer sein. Sollen die Schwachen aussortiert werden, im Ernst? Was ist mit Teamgeist, Kreativität, gegenseitiger Hilfe? Ist so etwas nur zu erreichen, wenn ein Mensch seine tierhaften Impulse unterdrückt, seinen

‚natürlichen Egoismus'? Vielleicht ist gar nicht der Egoismus der natürliche Zustand, sondern die Menschlichkeit und Güte, die Empathie. Und darin sind wir Gott ähnlich. Daran glaube ich."

Sie schaute auf den verschneiten Weg vor ihren Füßen und musste an das Lied denken: *Morgenlicht leuchtet.* Vielleicht beschrieb es gar keine harmlose Idylle, sondern hielt Gott das Wunder des Lebens hin, das, was jeden Tag um sie herum geschah. Das frühe Lied der Amsel, die Tautropfen im Gras, das Blau des Himmels. Ja, vielleicht sagte es: Das alles hat sich kein Mensch ausgedacht. Das Schönste und Beste im Leben ist nicht mit Geld zu kaufen. Es wurde uns von dir geschenkt, von unserem Schöpfer.

Sie griff seine Hand. „Danke für deinen Brief."

Stefan

Wir gehen durch die Stadt, du und ich. Ich spüre deine schmale Hand in meiner. Du hast Kraft, du hältst dich fest. Du willst mich nicht wieder loslassen.

Wir gehen im gleichen Takt, ohne es bewusst zu wollen, ich in meinen Winterschuhen, du mit deinen Stiefeln. Dein roter Mantel leuchtet. Im Schlosspark sind die Wege nicht gestreut, Schilder warnen, dass wir auf eigene Gefahr gehen. Unter unseren Sohlen knirscht der Schnee.

In den Wohnungen in ganz Berlin packen Kinder ihre Geschenke aus, werden Lieder gesungen und mit Instrumenten Musikstücke gespielt. Väter lesen die Weihnachtsgeschichte vor. Ich weiß nicht, ob ich dich überreden kann, nachher mit zu uns zu gehen, oder du mich, den Abend bei euch zu verbringen. Wahrscheinlich ist jeder von uns bei seiner eigenen Familie. Ich hoffe aber, wir verbringen zum letzten Mal den Heiligabend getrennt voneinander.

Wir haben etwas geschafft in diesem Jahr: Wir haben

uns nach einem Streit versöhnt. Es hat Monate gebraucht, aber ich finde, das haben wir gut gemacht.

Ich sage: „Hast du die Zeichnung erkannt?"

„Welche meinst du?"

„Die von der Kapelle auf dem Olymp."

„Deshalb kam es mir bekannt vor! Du hast das Foto also noch."

„Ja, ich hab es. Aber ich war dort. In Griechenland."

Du bleibst stehen. „Das ist nicht dein Ernst."

„Ich wollte für dich den Glauben wiederfinden. Von dieser Kapelle hast du so geschwärmt. Ich dachte, sie wäre ein guter Anfangspunkt."

„Du bist allein da hochgeklettert?"

„War nicht leicht. Was hältst du davon, wenn wir zusammen noch mal hinfliegen?"

Du lächelst. Gleichzeitig steigen Tränen in deine Augen.

„Hey, was ist los?", frage ich.

„Ich wusste nicht, dass ich dir so wichtig bin. Ich dachte …"

„Was?"

„Ich dachte, du kämpfst nicht um mich."

„Es gibt nicht nur eine Art zu kämpfen. Kann sein, dass meine Art ein bisschen anders ist."

„Anders ist gut." Du lachst, und eine Träne rinnt dir über die Wange. Dann stellst du dich auf die Zehenspitzen und gibst mir einen langen Kuss.

Mehr vom Bestseller-Autor

Titus Müller
Der Schneekristallforscher
Klappenbrochur
12,5 x 18,7 cm · 160 Seiten
ISBN 978-3-86334-280-7

Wilson Bentley sammelt Schneeflocken. Für ihn sind sie Wunder von atemberaubender Schönheit. Manche halten ihn deswegen für einen Spinner. Doch für Mina, die ihn und seine Arbeit mehr und mehr bewundert, wird er zu einem Reiseführer in eine andere Welt.

„Glückstrunken hielt er das Brettchen in den fallenden Schnee. Ein Schatzsucher, ein Entdecker und Weltenerkunder war er, er fühlte sich frei wie ein Vogel, dem Himmel mehr verwandt als der Erde.“

Eine auf wahren Begebenheiten basierende Erzählung.

Erhältlich im Buchhandel oder unter www.adeo-verlag.de

adeo
Unterwegs. Sein.

MIX
Papier | Fördert gute Waldnutzung
FSC® C014496
www.fsc.org

1. Auflage 2023
Bestell-Nr. 817898
ISBN 978-3-95734-898-2

Umschlaggestaltung: Hanni Plato
Umschlagmotiv: Shutterstock /
Sergey Petermann (Wald) · seligaa (Frau)
Lektorat: Verena Keil
Satz: Greiner & Reichel, Köln
Druck und Verarbeitung: GGP Media GmbH, Pößneck
Printed in Germany

www.gerth.de